鯨 統一郎

歴女美人探偵アルキメデス

大河伝説殺人紀行

実業之日本社

実業之日本社文庫

目次

行く川のながれは絶えずして、
しかも本の水にあらず。

鴨長明『方丈記』より

石狩川殺人紀行

1

永山悟史《ながやまさとし》と妻の紀子《のりこ》が連れだって石狩川《いしかりがわ》沿いの土手を歩いていた。

「この辺りも〈サーモンランド〉の敷地になる」

川面《かわも》を見ながら永山悟史が言う。

永山悟史は四十二歳になる。東京に本社があるレジャーランド開発会社〈未来デベロップ〉北海道支社に所属する社員である。

背が高く、ガッシリとした体つきをしている。四角張った顔と短髪とが相まって男らしさを感じさせる。

「こんなところが？」

永山紀子が周囲に目を遣《や》りながら訊《き》き返す。周囲には草原が広がっているだけである。

永山紀子は三十五歳。背が低く、長身の夫と並ぶと、かなりの身長差が生じる。丸顔の童顔で目がクリッとした可愛《かわい》らしい顔つきをしている。

「今は何もない。だけど四年後、ここに〈石狩サーモンランド〉が建っている」

「楽しみね」

紀子は悟史に笑みを見せた。その様子を少し離れた木陰から見つめる男の姿があった。

＊

早乙女静香《さおとめしずか》、翁《おきな》ひとみ、桜川東子《さくらがわはるこ》の三人が池袋《いけぶくろ》のダイニングバーで飲んでいた。

「池袋で飲むって珍しくない？」

翁ひとみが誰にともなく言う。翁ひとみは早乙女静香のライバルの歴史学者だ。若くして川原《かわはら》学園の准教授である。二人とも日本最大の美人コンテストに出場したこともある折り紙つきの美人だった。

ひとみは静香よりもやや背は低いが目は静香よりもパッチリとしている。それが自慢でもあった。今日は白いシャツにミニスカートという出でたちだ。

「そうね。いつもはオシャレな新宿《しんじゅく》で飲んでるもんね」

静香が答える。

早乙女静香は星城《せいじょう》大学文学部に所属する歴史学者だった。日本史と東洋史、西洋史を統合させた〝世界史〟というジャンルを立ちあげ天才美人歴史学者とマスコミから持ちあげられることもある。

プロポーションは抜群。その肉体美と脚線美を強調するようにバブル時代からタイムスリップしてきたような超ミニのボディコンスーツを着ていることが多い。今日もいつものように軀《からだ》にピッタリとフィットしたノースリーブの萌葱《もえぎ》色のボディコンスーツを着ている。髪は長く、その光沢も美しい。

「新宿がオシャレなの？」

「オシャレでしょう。池袋に比べれば」

「似たようなもんでしょ」

いつものように実のない会話が始まった。

「でも今回は、どうして池袋にしたのよ？」

「魚料理のおいしい店があるって友人に教えてもらって」

「それがこの店？」

「そう。鮭《さけ》と鱒《ます》がおいしいのよ」

「あら、サケ・マス論みたいね」

「あなた学者みたいな事を言うのね」

「これでも歴史学者なもので」

店員が注文を取りに来て静香がサーモンサラダとマスのマリネ、そしてビールを注文する。

「それでいいわよね？」

「任せるわ」

「あの」

　桜川東子が口を挟んだ。

「サケ・マス論というのは何でしょうか？」

　桜川東子は聖シルビア女学院の大学院生である。もともと西洋のメルヘンを研究していたのだが、ひょんなことから静香と知りあい意気投合し、それ以来、静香の個人的な弟子として行動をともにすることが多くなった。

「ひとみ。説明してあげて。おいしい食べ方の理論じゃないわよ」

「判《わか》ってるわよ」

　どうして静香は一言、多いのだろう、またどうしてわたしが説明しなくてはいけないのだろうという思いが胸に兆したが、いつものことなので気にしないことにした。准教授という職業柄、人に説明をするのは嫌いではないし。

「サケ・マス論っていうのは歴史学というより考古学の分野の言葉なんだけど、縄文文化研究の基礎を築いた山内清男《やまのうちすがお》先生が唱えた説よ」

「どんな内容でしょうか？」

「東日本の縄文遺跡の数が西日本に比べて多いことは知ってる？」

「存じています」

国立民族学博物館名誉教授の小山修三《こやましゅうぞう》は縄文時代中期の人口密度を東日本が一平方キロメートルあたり約三人であったのに対し、西日本、特に近畿地方では〇・〇九人であったとしている。

「その理由が、東日本、とりわけ北日本ではサケとマスが豊富に獲れたからだっていうわけ。つまり縄文人の主食はサケとマスだったって山内先生は看破したの」

「西日本ではサケ、マスがあまり獲れなかったので人口が増えなかったというのですね？」

「そうよ」

「教えていただいてありがとうございます。では東日本の縄文遺跡ではサケとマスの骨がたくさん発掘されているのでしょうね？」

静香とひとみは顔を見合わせた。

「そうでもないわ」

静香が答える。

「どうしてでしょう？」

「理由はいろいろ考えられてるわよ。サケの骨は、そもそも残りにくいとか、骨まで食べてたとか」

「鮭の缶詰の骨は、わたしも好きよ」

「ひとみは縄文人並みね」

「どっちにしろ、サケとマスが豊富にいたことは確かなんだから、それを食べてたことも確かよ」

「ですね」

ひとみの結論に東子は頷《うなず》いた。

「それに最近はサケ類の骨が縄文遺跡から発見されだしてるし」

「もっとも、東日本で縄文文化が栄えた理由は、サケ・マスもあるんでしょうけど、それ以上にドングリの存在が大きいと思うわ」

静香が新たな見解をつけ足した。

「ドングリ、ですか？」

「そう。日本全体で見れば縄文人の主食はドングリなのよ」

「ドングリというのはカシやクヌギ、ナラ、シイなどの実の総称よ」

ひとみが静香の言葉を補足する。

「ドングリは生でそのまま食べられるから便利なの。もちろん煮ても焼いてもＯＫよ」

「縄文時代は一万年ぐらい続きましたよね？」

「そうよ」

「その間は日本人はずっとドングリを食べていたことになりますね」

「そうなのよね。その後、弥生《やよい》時代になって日本人の主食は米になったけど、考えてみれば米を食べるようになってから二千年ぐらい。ドングリを食べていた期間の方がずっと長いのよね」

「ドングリが日本人の故郷といえるかも」

ひとみが呟《つぶや》く。ビールと料理が運ばれてきたので三人は乾杯をした。

「ドングリが採れる落葉樹林は東日本に多いのよ。西日本では照葉樹林が多いわ」

ビールを一気に半分ほど飲んだ静香が言う。

「照葉樹林は夏場になると藪《やぶ》を作って森に入りにくくなるらしいわね」

「だから西日本では食糧を調達しにくいのですね？」

「そう。そもそも東日本の落葉広葉樹林ではドングリがたくさん採れるけど、西日本の照葉樹林に生えるクスノキの実は食べられないし」

「その辺りの環境の違いも人口密度の差の要因になっているのかもしれませんね」

「そうね。東日本ではドングリのほかにクリ、トチノキ、クルミも豊富に生えてたし」

「三内丸山《さんないまるやま》遺跡の最大の建物もクリの木で建てられてたから、クリがかなり身近だったのかも」

　ひとみがサーモンサラダを摘《つま》みながら呟く。

「ご丁寧な説明、ありがとうございます」

　東子は深々と頭を下げた。

「あ、いいこと思いついた」

　静香の言葉にひとみが目を細める。

「何よ、その目」

「厭《いや》な予感がするのよ。静香が〝いいこと思いついた〟って言うとき、必ず変なことを思いついてるから」

「意味わかんないんですけど」

「まあいいわ。とりあえず言ってみなよ。静香の思いついた〝いいこと〟を」

「ウォーキングの会の次の候補地をどこにしようか会議を開催します！」

「何なのよ〝ウォーキングの会の次の候補地をどこにしようか会議〟って」

「言った通りよ。今日はアルキ女《メ》デスの定例会なのよ」

　アルキ女デスとは、早乙女静香、翁ひとみ、桜川東子の三人で結成したウォーキングの会だ。ただのウォーキングではない。歴史学者らしく史跡を訪ねるウォーキングなのだ。

過去に六回、邪馬台国《やまたいこく》ゆかりの地である〈吉野ケ里《よしのがり》遺跡、纏向《まきむく》遺跡、三内丸山遺跡〉あるいは城廻《めぐ》りとして〈姫路《ひめじ》城、大阪城、熊本城〉を訪ねている。

もっとも、訪ねた先でその土地のおいしいものを食べ、地酒を飲み、温泉にゆっくり浸《つ》かるのが最大の目的であったりする。

「出かけるの、やめにしない？」

「八女《やめ》は遠いわよ。福岡でしょ？」

「そうじゃなくて、旅行そのものを取りやめにしたらどうかって言ってるの」

「どうしてよ。あたしたちの友情も終わりなの？」

「友情は続くわよ。たぶん永遠に」

「嬉《うれ》しいことを言ってくれるわね」

「だけど、わたしたち旅行に出ると、いっつも殺人事件に巻きこまれちゃってるでしょ？」

それは事実だった。過去六回のウォーキング旅行では六回とも殺人事件に巻きこまれている。

「その事なんだけど」

急に静香が声を潜めた。

「その口調から察するところ、やっぱり静香も気にしてるんだ」

「当たり前でしょ。人の死に何度も直面してるんだから」

「あなた単独でも直面してるし」

　そういう事もあった。

「でもね、これは、あたしたちの運命だと思ってるの」

「〝あたしたち〟って、わたしを仲間に入れないでくれる？」

「友情は永遠に続くって嘘《うそ》だったの？」

「そうじゃないけど〝殺人事件に巻きこまれてしまう静香を見守る〟ってタイプの友情なのよ」

「呆《あき》れた」

　静香はマスのマリネを口に入れた。

「その殺人事件を小説にして鎮魂してくれてる人がいるの」

「え、何それ？」

「あたしの知りあいの知りあいに作家がいるんだけど」

「誰？」

「言ってもどうせ知らないわよ」

「売れてない作家なんだ」

「ぜんぜん売れてないわね」

「そうなんだ。で、その作家が何？」

「だから、あたしたちが遭遇した事件のことをミステリ小説にして発表してるの」

「え、殺人事件をエンターテインメントにしちゃってるわけ？」

「鎮魂の意味を込めてよ。いわば被害者たちの紙の墓碑銘」

「ものは言いようね」

「こうは考えられない？　あたしたちは予《あらかじ》め死ぬ運命にあった人たちと出会うべくして出会っている。その人に訪れる死の墓碑銘を作るために」

「あなた、異常に前向きな人ね」

「とにかく、サケ・マス文化を探りに行きましょう」

「いま激しく話が飛ばなかった？　それとも時間が飛んだ？　わたし三十分後ぐらいにミニタイムスリップしちゃったのかしら？」

「話は陸続きよ。サケ・マス論を探りに行くとしたら、当然、石狩川よね」

「石狩川？　八女より遠いんですけど」

「あたしたちに不可能はないわ」

「そういう問題じゃないでしょ」

「東子。あなたの都合は？」

「異存ございません」

「決まりね」

わたしの予定は聞かないのかよ！　とひとみは思ったが口には出さなかった。これがいつもの静香だし、言っても無駄だと判っているからだ。

「ひとみ。飛行機の手配をよろしく。東子は宿の手配を」

「畏《かしこ》まりました」

東子が心持ち頭を下げながら答える。

「予約が取れたらＬＩＮＥで知らせてね。そうと決まったらあらためて乾杯しましょ」

静香はビールを飲みほすと新たに注文した。

＊

早朝、札幌《さっぽろ》市を流れる石狩川本流沿いの土手を老夫婦が散歩していた。石狩川の流れはゆったりとしていて川辺には砂利《じゃり》が広がっている。

「暖かくなりましたねえ」

妻が言う。

「まだ寒いよ」

妻と同じぐらいの背格好の小柄な夫が応える。

「もう春になりますよ」

「それでも寒いものは寒い」

「歩いているうちに暖かくなりますよ」

「河から寒い風が吹いてくるんだよ」

そう言うと夫は川面に目を遣る。夫が足を止めた。

「どうしました?」

妻が振り返る。

「あれを……」

夫が川面を指さす。その声が少し震えている。妻は夫が指さす川面に目を遣った。

そこに人の背中らしきものが浮かんで見える。

「あなた……」

「人だ」

「助けなきゃ」

そう言うと妻は河原《かわら》に降りてゆく。

「待て。俺が行く」

夫が早足で妻を追い越して河原に降りた。近づいて見ると確かに人の背中だった。

だが岸から離れていて手が届かない。

「救急車を呼びましょう」

「警察がいい」

「え？」

「もう死んでるよ」

岸辺からもそれが判った。

＊

泉朝子《いずみあさこ》刑事がパトカーの脇に立っていると前川剛《まえかわつよし》刑事がやってきた。

「遺体が上がったって？」

前川剛刑事が歩きながら訊く。前川剛は五十三歳になる。筋肉質で体格がよく、長身の泉朝子よりもさらに背が高い。脂質が多そうな顔は四角張っていて髭《ひげ》が濃い。ギョロリとした目は常に強い光を発している。

「はい。被害者の家に急ぎましょう」

そう言うと泉朝子刑事は運転席に乗りこんだ。

泉朝子は三十歳。美人で長身とモテそうなタイプだけに、一年前に所轄の若手刑事と結婚したときには周囲の男性陣を落胆させた。

「遺体の身元は永山悟史。四十二歳です」

パトカーを発車させると泉朝子刑事は言った。

「ナガヤマサトシ？　聞き覚えのある名前だな」

前川刑事はしばらく考える。

「もしかしたら……」

前川刑事は眉間に皺《しわ》を寄せる。

「まだ俺が交番勤務の頃、チンピラに絡まれていたところを助けた男性が〝ナガヤマサトシ〟という名前だったような気がする」

「そうなんですか？　今回の被害者は〈石狩サーモンランド〉というレジャーランド建設の責任者だそうですが」

「その男性だ」

泉刑事は絶句した。

「その永山さんが事故死したのか……」

「他殺の可能性もあるんじゃないでしょうか」

「何だと」

「現場を見てみないと何とも言えないでしょうが……」

「許せねえ」

前川刑事は歯軋《はぎし》りをした。

「もし他殺なら、犯人を許せねえ」

「前川さん……」

「当時から永山さんはレジャーランド開発会社にいたはずだ」

「〈石狩サーモンランド〉は石狩川本流沿いに建てられる大型テーマパークですね」

「ああ。東京に本社のあるレジャーランド開発会社〈未来デベロップ〉が手がけている。四年後の開業を目指していたそうだ」

「その開発責任者だった永山さんは無念でしょうね。大きな仕事を任されて燃えていたでしょうから。奥さんもかわいそうだわ」

「永山さんは結婚したのか」

前川刑事は感慨に耽《ふけ》るように呟く。

「死因は溺死か?」

「おそらく」

道路の左側に石狩川が見えてきた。

「遺体の発見現場は石狩川本流の川の中です。俯《うつぶ》せに浮かんでいるところを散歩していた老夫婦が発見しました。午前六時過ぎのことです」

「夜中に酔っぱらって落ちたのかな？」

「遺体からはアルコール成分は検出されていません」

信号が黄色に変わり泉刑事は車を止める。

「変ですよね」

「どこが変だ？」

「普通、酒にでも酔ってない限り大の大人が川になんか落ちないでしょう」

「なるほど。それで他殺の可能性もあると踏んだのか？」

「はい」

「泉」

「何でしょう？」

「刑事らしくなったな」

虚を衝《つ》かれたのか泉刑事は返事ができない。

「着くぞ。その角の家だろう」

泉朝子刑事は路肩に車を停《と》めた。

＊

新千歳《しんちとせ》空港で降り空港内の北海道ラーメン道場で札幌ラーメンを食べると〈アルキ女デス〉の三人は予約してあったレンタカーショップでマツダのデミオを借りた。

運転するのは静香である。

「わたしが運転してもよかったのに」

ひとみが言った。

「ド素人《しろうと》には任せられないわ」

「なによド素人って。あなたはプロなの？」

「プロ級の腕前ってこと」

「スピード出さないでよ」

「安全運転のプロなのよ」

「ならいいけど」

たわいのない会話を続けながら車はひたすら札幌を目指す。

「先に宿に行く？　それとも石狩川を見る？」

「宿に行きましょう」

静香の問いにひとみが答えた。

「荷物を下ろしたいわ。身軽になって石狩川沿いを歩かない？　駅からも歩いていけそうだし」

ひとみが地図を見ながら言った。

「判ったわ」

静香はステアリングを切って予約済みの宿に進路を取った。

＊

宿に荷物を下ろして身軽になった〈アルキ女デス〉の三人は宿からほど近い札幌駅まで歩き函館《はこだて》本線で江別《えべつ》駅に向かった。

江別駅に着いて改札を出ると三人は地図を頼りに正面に延びる広い道を歩きだした。

「石狩川は近いんでしょうね」
五、六分ほども歩くと静香がひとみに尋ねる。
「すぐそこよ」

だが歩いても歩いてもなかなか石狩川が見えてこない。

「変ねえ。地図で見るとすぐ近くなのに」

「あなた地図の縮尺も計算に入れてる？」

「あ」

「〝あ〟じゃないわよ！」

静香の目が吊《っ》りあがった。

「地図で近くに見えても縮尺が大きかったら何キロも離れてるって事はあるのよ。地図を見せてよ」

「まあ、いいじゃない。とにかく歩きましょ。わたしたちウォーキング部なのよ」

ひとみは静香に見せずに地図をしまった。どうやら図星だったようだ。

「ねえ、大きな河が見えたわよ。あれが石狩川じゃない？」

ひとみが指さした前方にたしかに大きな河が見える。

「地図を見せて」

静香が地図をひったくるように受けとると「あれは支流ね」と言った。

「支流？」

「そうよ。千歳川の方」

「あんなに大きな河なのに？」

「石狩川はもっと大きいんじゃない？　とにかく歩きましょう。石狩川まではまだまだよ」

「あなたが持ってた方が良さそうね」

ひとみは静香に地図を渡した。

「あの大きな橋を渡りましょう。その下に流れてるのが石狩川よ」

静香が指さす方に長い橋が見える。三人は静香の言う通りに橋に向かって歩きだした。

「あの川ね」

橋の下辺りで千歳川と合流している大きな河が見えた。

「千歳川よりも遥《はる》かに大きいわね」

「石狩川は全長二百六十八キロ。信濃《しなの》川、利根《とね》川に次ぐ日本第三位の長さよ」

ひとみが説明する。

「想像もできない長さね」

「しかも河口から百キロまでは標高差が三十メートルにも満たない。それだけゆったりとした流れなの」

「まさに大河」

「これでも昔より百キロも短くなってるのよ」

「え、そうなの？」

「昔から氾濫が多かったから、治水を繰り返して蛇行する河をまっすぐに直したのよ。蛇行の部分が短くなってるってわけ」

「なるほど」

「蛇行の部分は今では三日月湖として河の脇に残ってるのよ」

「ひとみ。あなたクイズの解説者になれるんじゃない？」

「話があったけど断ったわ」

「話があったんだ」

「行きましょう」

自然と足が速くなる。橋を渡りきったが生い茂る藪に阻《はば》まれ河原に降りることができない。

「川も少ししか見えなくなったわよ」

土手の下には背の高いススキが際限なく生えていて視界を阻んでいる。

「とにかく歩くことよ。歩けば道は開けるわ」

「静香の楽天的な性格がうらやましい」

歩くうちに川が大きく見え始めてきたが相変わらず河原に降りることはできない。

藪、ススキに加えて樹木も増えてきた。

「前方に細い道が見えませんか？」

東子が言った。

「ホントだ。東子、目敏《めざと》いわね」

東子の言った通り藪から川に向かって細い道が一本、通っている。三人はその道を進んだ。

「川岸が見えたわよ」

細道は確実に川岸に続いている。川岸に何か道具が置かれているのが見える。

「漁に使う道具があるみたいね」

「漁？」

静香が訊きかえす。

「石狩川では漁も行われてるのよ」

「そうなんだ」

「入間川《いるまがわ》でだって漁をしてる人がいるんだもん。石狩川だったら当然でしょ」

入間川は埼玉の一級河川だ。

「漁って海だけじゃないのね」

三人は川岸に着いた。バケツやプラスチック製の長方形のケース、底浅の木箱や網が無造作に置かれている。

「あの木箱は魚を詰める木箱かしら」

「そうかもしれないわね。川には小舟も繋《つな》がれてるわよ」

後部にモーターを搭載した細長い小舟だ。

「ねえ」

静香が低い声で言った。ひとみの軀がブルッと震える。

「変な声を出さないでよ。静香が低い声を出すときって必ず変なことが起きてるんだから」

「人が流れてるわよ」

「やっぱり」

静香が指した方角を見ると女性が仰向《あおむ》けになって流れているのが見える。

「ちょっと、ホントに流れてるじゃない！」

「だから言ったでしょ」

「死体？」

ひとみが恐る恐る訊く。目を瞑《つぶ》っているから死んでいるように見える。

「生きてるかもしれないわ。助けるわよ」

「え？」

「据え膳食わぬは何とやらって言うでしょ」

「義を見てせざるは勇なきなりじゃないの？」

「どっちでもいいわ」

言うが早いか静香はコートを脱いで石狩川に入っていった。不幸中の幸いと言うべきか、女性は岸に近い部分を流されている。静香は女性に追いつこうと川の中を歩いて進んでいたが、やがて川が深くなり、そのまま抜き手を切って流れている女性に向かって泳ぎ始める。静香は流れている女性に追いつき軀を左手で抱えると、右手と足を使い川岸に向かって必死に泳ぎ始める。

「静香、手！」

ひとみが手を伸ばす。川岸に近いところまで来た静香が手を伸ばすと、ひとみはその手をガッシリと摑《つか》んだ。そのままグイと岸に引きよせる。静香は女性を抱えたまま岸に軀を乗せる。ひとみが女性の軀を引っ張りあげた。

「生きてる？」

自分も岸に上がりながら静香がひとみに尋ねる。

「生きてるわ」

岸に仰向けに寝かされた女性の胸が波打っている。

「今、救急車を呼びました」

ケータイを手にした東子が言った。

＊

泉朝子刑事が宇賀沢恭範《うがさわやすのり》の経営する札幌のスナックを開店前に訪ねた。

カウンター内にいる宇賀沢恭範は小柄な男性で、現在、五十二歳。黒縁の眼鏡《めがね》のレンズはかなり厚そうだ。

隣りには背の高い派手な感じの女性が立っている。宇賀沢の妻、萌絵《もえ》である。

「永山悟史さんは知っていますね？」

客のいない店内に案内されると泉刑事が尋ねる。

「はい。うちの常連さんですよ。永山さんが何か？」

宇賀沢はカウンターに坐《すわ》る泉朝子刑事に水を差しだした。カウンターのほかにはテーブル席が二卓あるだけの小さな店だ。

「亡くなりました」

宇賀沢は絶句した。

「ウソでしょ……」

萌絵も驚く。

「川で溺れたんです」

「事故ですか？」

「まだ何とも言えません。それで、永山さんに関してお話をお聞きしたいと思いまして」

「話も何も、ただ店主と客というだけですから」

「このお店ではどんなお話をしていましたか？」

「そうですね」

宇賀沢は心持ち顎を上に向けた。

「たとえば、誰かを恨んでいたとか、誰かに恨まれていたとか、そんな様子は？」

「恨まれて……」

「心当たりが？」

宇賀沢は俯《うつむ》いた。

「どんな事でもいいですから思いついた事があれば話してください。もちろん、こちらで聞いたとはいいません。守秘義務は守ります」

「恨まれているというような事は言ってましたね」

「誰に？」

「石《いし》という男です。石垣の石です。道友漁業会の幹部ですよ」

「漁業会？」

「北海道の道に友で道友漁業会です。石狩川の札幌から江別あたりで漁をしている者たちの寄合みたいなものですよ」

「なるほど。その道友漁業会の石さんが、どうして永山さんに恨みを？」

「そりゃあ、恨むでしょう。永山さんはレジャーランドの建設責任者です。それも石狩川沿いに造る予定なんでしょう？」

「よくご存じですね」

「常連さんでしたから、いろんな話をしましたよ」

「その過程で石さんの話も?」

「そうなんです。大型レジャーランドが石狩川沿いにできたら漁にも影響が出るっていうんです」

「出るかもしれませんね」

「それで、道友の人たちはレジャーランド建設には反対なんですよ。その急先鋒《きゅうせんぽう》が石さんなんです」

「石さんがこの店に来たことは?」

「ありますよ」

萌絵が答える。

「連絡先などは判りますか?」

「そこまではちょっと」

ケータイの呼出音が鳴った。泉刑事が宇賀沢に「すみません」と断ってからケータイに出た。一言二言、話すと険しい顔で呟くように言う。

——永山紀子が襲われた?

――殴られた後、川に放りこまれた。

電話の相手は前川剛刑事のようだ。

――亡くなったんですか？

――一命は取りとめた。東京から来た女性三人組の観光客に助けられたそうだ。

――永山悟史に続いて奥さんも……。永山悟史さんの死と関連があるんでしょうか？

――判らんが、捜査本部が立つだろう。戻ってこい。

泉刑事は宇賀沢夫妻に礼を言うと店を後にした。

＊

〈アルキ女デス〉の三人が宿に戻れたのは午後八時を過ぎていた。

「大変な目に遭ったわね」

部屋に用意された夕飯である石狩鍋に箸を運びながら静香が話しだした。帰る時刻が遅れることは、すでに東子が宿に連絡を入れていた。

「よかったわ、あの人、命を取りとめて」

ビールをグイと呷《あお》る。警察で長時間の事情聴取を受けている間に永山紀子の容態も伝わってきた。事情聴取を担当した前川剛刑事と泉朝子刑事が教えてくれたのだ。

「そうね。でも……」

警察から、ある程度の事情を聞かされている。静香たちが救出した永山紀子という女性の夫が、先日、やはり石狩川で溺死しているのだ。

「どういう事かしら」

「事件の匂いがするわ」

「あなた、事件を引きよせる体質だもんね」

「人聞きの悪いことを言わないでよ」

「事実でしょ」

「少し調べてみましょうか」

「調べるって何を？　サケ漁とマス漁の実態とか？」

「馬鹿ね。永山さんの事件よ」

「なんでわたしたちが？」

「乗りかかった船よ」

「乗りかかってないんですけど」

「もう深く関わってるでしょ。永山紀子さんを助けたのは、あたしたちなのよ。その永山さんは、あたしたちに会いたがってるんですって」

「お礼を言いたいのかもね。命を助けたんだもの」

「もう逃げられないわよ」

「逃げるつもりはないけど」

「決まりね。どこから捜査を始める？」

「捜査って、それは警察の仕事でしょ」

「あたしたちは〈アルキ女デス〉なのよ？」

「それってウォーキングの会なんですけど」

「忘れてたわ」

静香は鍋の鮭を口に入れる。

「おいしい」

ビールを飲む。

「捜査は冗談だけど」

あながち冗談ではないのかもしれないと長年のつきあいがあるひとみは察していた。

「でも永山さんには会いにいきましょうよ。向こうだってお礼が言いたいでしょ。会わずに済ますのは悪い気がするわ」

「それもそうか」

「それに」

静香が真顔になった。

「慰めてあげたいのよ。ご主人が亡くなって自分も襲われた。きっと激しいショックを受けているわ」

静香はビールを飲みほすと仲居を呼んで日本酒を注文した。

＊

前川剛刑事がデスクで煙草《たばこ》を薫《くゆ》らせていると泉朝子刑事が戻ってきた。

「永山紀子さんが襲われたんですか？」

「ああ」

前川刑事は簡潔に顚末《てんまつ》を説明する。

「お前の方は？」

「それなりの成果がありました」

泉刑事は永山悟史を恨んでいるという石という人物について報告をした。

「石？」

「道友漁業会の幹部だそうです」

「ちょっと待て」

前川刑事は姿勢を正した。

「そいつは威力業務妨害の前科があるぞ」

「え？」

「爆破予告をしたんだ」

四年前、石狩川流域にショッピングセンターを建設する予定を公表した商社に〝建設を中止しないとショッピングセンターに爆弾を仕掛ける〟という脅迫メールを送って逮捕されたことを前川刑事は説明した。

石は一年の刑期を終えた後、釈放された。

「このときの脅迫メールで石は自分のことを〝魔神〟と名乗っている」

「魔神ですか……」

「今回の事件、石のアリバイを洗い直す必要が出てきたな」

泉刑事は頷いた。

「まず上に報告だ」

前川刑事は煙草を揉《も》み消すと立ちあがった。

＊

石狩署に捜査本部が設置された。

「事件の経緯を」

渋谷輝佳《しぶやてるよし》捜査本部長が口を開く。

渋谷輝佳は四十四歳。北海道警察の刑事部長である。整った顔立ちで、若いころは女性警官たちに人気があった。いつでも眠たそうな目に見えるが、それもかえって魅力となっていたようだ。

「まず第一の事件」

石狩署の署長が渋谷本部長に会釈をしてから坐ったまま説明を始める。

「レジャーランド開発会社の社員、永山悟史が石狩川で溺死します。死亡推定時刻は四月二十三日の深夜」

「深夜に石狩川に？」

「なぜかは判らん。妻である紀子はその日、東京で行われた人気バンドのライブに泊まりがけで出かけていた。なので、その日の夫の行動に関しては判らないそうだ」

「事故ですか？」

若手刑事が質問を発する。

「この時点では事故の線が濃厚だと思われた。ところが」

署長が手元のレジメを捲《めく》る。

「四月二十六日。今度は永山の妻である永山紀子が何者かに襲われ、石狩川に投げこまれた」

室内がざわめく。

「幸い、東京から来た旅行客に救助され一命を取りとめた」

「意識は？」

「回復している」

「妻が襲われたとなると、最初の夫の死も事件の可能性が高いですね」

「その通りだ」

渋谷本部長は頷くと「永山紀子は自分を襲った犯人についてどのような供述を？」

と署長に話を促した。

「目撃していないそうです」

捜査員たちは顔を見合わせる。

「夫の葬儀を翌日に控え、疲れを癒すためと夫を偲《しの》ぶために一人、石狩川の畔《ほとり》を歩いていたそうです。そのときに背後からいきなり殴られ、そのまま川に放りこまれた。

なので犯人の顔は見ていません」

「凶器は？」

「金槌《かなづち》状の金属器と思われますが付近からは発見されていません」

「永山紀子は犯人の心当たりについて何か言ってますか？」

若手捜査員が質問する。

「心当たりはないそうだ」

「考えられることは？」

渋谷本部長が署長に尋ねる。

「今のところ、なんとも」

「夫婦の人間関係を徹底的に洗うんだ。その中から動機に繋がる何物かが見えてくるはずだ」

捜査員たちは役割分担を確認すると、それぞれの任務に散っていった。

2

〈アルキ女《メ》デス〉の三人は永山紀子が入院している病院を訪ねた。

個室のベッドに横たわっていた紀子は軀を起こし三人はそれぞれ自己紹介を済ませ

る。

「本当にありがとうございました」

紀子がベッドの上で頭を下げる。

「気にしないで。当たり前のことをしただけなんだから」

「でもよかったわ。怪我《けが》も大したことがなくて。先生に聞いたら明日にでも退院できるそうね」

「そうなんです。ただ、怖くて」

「判るわ」

静香が紀子の手を取った。

「あなたを襲った犯人が、まだ捕まってないんですものね」

紀子は硬い表情で頷く。

「助けるわ」

「え？」

紀子が顔をあげた。

「怖がっているあなたを見て黙ってられない」

「でも……。助けるって？」

「あたしたちが犯人を捕まえるのよ」

静香の言葉に紀子は戸惑っている。

ドアが開いた。一見して大柄な感じの二十代後半と思《おぼ》しき男性が部屋に入ろうとしている。顔は端正で、男らしい太い眉の下には大きな目が光を発している。その男性は静香たちを見て驚いたように立ちどまり部屋に入るかどうか躊躇《ためら》っている。

「永山さんのお知りあい？」

静香が声をかける。

「そうです」

「どうぞ」

静香に促されて男は入ってきた。

「熊木《くまき》さん」

紀子が呼びかけた。

「永山さん。大丈夫ですか？」

「ええ。このかたたちに助けていただいたんです」

「あなたたちが……」

熊木と呼ばれた男はあらためて静香たちに目を遣った。ひとみも熊木を見つめ返す。

その目に通常と違う煌《きら》めきがあるように静香は感じた。

「あなたは？」

「熊木といいます」

「熊木さんは木彫りの民芸品を造っているんです」

「あら。見かけによらず繊細な仕事をしてるのね」

静香の不躾《ぶしつけ》な物言いに熊木はギョッとしているようだ。

「ごめんなさい。こちら、歴史学者なもので常識がなくて」

「あなただってそうでしょ」

「歴史学者……」

静香が熊木に名刺を渡した。ひとみも続けて名刺を取りだす。熊木も二人に名刺を渡した。

「熊木俊平《しゅんぺい》さんね」

「ええ。永山さんのご主人とは仕事の関係で知りあいまして」

「家にも来てもらったりしたんです」

紀子が補足する。

「ご主人とは、なぜか気が合いまして」

「ねえ熊木さん」

静香がいつもの馴《な》れ馴《な》れしさで話しかける。

「ご主人と気が合ったのなら何か心当たりはないの？　ご主人……永山悟史さんが殺

されたことに関して」

「殺された？」

「事故かもしれないのよね。でも奥さんも襲われた。警察は、きっとご主人の死も殺人に切り替えて捜査を始めたはずよ」

熊木は言葉を失った。

「この人、どういうわけか殺人や警察の捜査に詳しいのよ。自分も取り調べを受けたことがあるから」

ひとみの言葉を聞いて紀子の顔も引きつる。

「人聞きの悪いことを言わないでちょうだい。あたしたちは過去に何件もの殺人事件を解決してきたじゃないの」

「本当ですか？」

「本当よ。だから知ってることがあったら話してくれないかしら。あたしたちも事件を解決したいのよ。これも何かの縁だと思って」

熊木は何かを考えている。

「心当たりがあるの？」

「いえ……」

言い淀《よど》む。

「外に出ましょうか」

静香が促すと熊木は頷いた。

「静香。どうしたのよ急に」

病室を出ると、ひとみが静香に訊いた。

「鈍いわね。紀子さんがいるところでは話しにくいこともあるでしょ」

「あ、そうか」

素直なひとみであった。

「それで熊木さん。何か心当たりがあるの？」

「心当たりというわけではないんですが」

「何でも話してちょうだい」

「実は、永山さんご夫婦に恨みを抱いている人物がいるんです」

「え！」

静香が声をあげる。

「静かにしてよ。ここは病院なのよ」

「判ってるわよ。でもこれ、かなり重要な証言じゃない？」

「そうね」

ひとみも認めた。

「で、誰なの？　それ」

熊木はしばらく躊躇っていたが、やがて意を決して「石という男です」と答えた。

「石？」

「石田の石です。下の名前は信之《のぶゆき》といいます。信じるに之《これ》と書きます」

「何をしてる人？」

「漁師です。石狩川で漁をしてるんです」

「そうなんだ。それで、その石って人は永山さんとは、どういう関係なの？」

「石さんは、永山さんが手がけているレジャーランド開発に反対しているんです」

「なるほどね。漁師だったら反対して当然かもしれないわね」

「どうしてよ」

「だって大きな建造物を建てるって、それだけで自然を破壊する危険性を秘めてるわよね。自然を相手に仕事をしている漁師の人が本能的な危機感を覚えるのも当然じゃないかしら」

「たしかにそうね。でもレジャーランド建設が石狩川での漁に悪影響を及ぼすっていう具体的な因果関係はあるの？」

「それは何とも言えません。何せまだ計画段階で、実際に工事が始まったわけではありませんから」

「でも事前調査はするわよね」

「その段階では、河川や周囲の自然に悪影響は出ないという結論に達したと聞いています」

「企業側はそう言うわよね」

「そういう結論が出たから計画にゴーサインが出たとも言えるわよ」

「逆恨み、かもしれませんね」

「他の漁師の人たちはどうなの？」

「やはり反対です。ただ、石さんのように表立って声をあげている人はまだいないようです」

静香は頷いた。

「いろいろありがとう。参考になったわ」

丁寧に礼を言うと静香たちは病院を後にした。

＊

江別市――。
夕張《ゆうばり》川と分かれる辺りの石狩川。藪《やぶ》を抜ける細道の先で舟に乗ろうとしている男性に静香が声をかけた。

「石さん」

長靴を履いた男は振りむいた。中肉中背で年齢は三十歳前後だろうか。眉が太い割には目が細く頬骨が尖《とが》ったように盛りあがっている。

「何ですか？」

「あたしたち、東京から来た歴史学者です」

「歴史学者？」

静香たちは石に名刺を渡す。

「実は永山さんご夫妻のことでお話をお伺いしたいんです」

静香は手短に事情を話した。

「そうですか」

石はしばし考えていたが「舟に乗りませんか？」と静香たちを誘った。静香たちは顔を見合わせる。

「仕事の邪魔をしちゃ悪いわ」

ひとみが言う。

「かまいませんよ。漁と言っても私はノンビリやっています」

「四人乗れるの？」

「この舟は四人乗りです」

「ではお言葉に甘えさせてもらうわ」

「どうぞ」

石は舟に向かって歩きだした。静香はスタスタとその後を追う。ひとみは肩を竦《すく》めて静香に倣った。東子も、ついてゆく。

「少し揺れますから気をつけて乗ってください」

石に手を引かれながら静香がまず舟に乗る。ひとみと東子も続いた。

「では出発します」

石がエンジンをかけると舟は音を立てて、だがゆっくりと川を進み始めた。

「何が捕れるの？」

「基本的にはサケです」

「やっぱり」

「でも、それだけじゃありません。ワカサギやカワヤツメも捕れます」

「石さんはそっちを捕ってるの？」

「そうですね」

静香は頷くと「舟で石狩川を行くのもいいもんねえ。貴重な体験よ」と言った。

「滅多にできるもんじゃないわよね」

三人は小気味よい舟の揺れを感じながら石狩川を進んでゆく。

「ねえ見て」

静香が指さした上空に鳥の群れが飛んでいるのが見える。

「マガンです。天然記念物ですよ」

「そうなんだ」

「シベリアに帰る群れでしょうね」

「いい光景ねえ」

静香がウットリとした顔で言う。

「それに、この雄大な流れ」

マガンの群れが小さくなると川に視線を落とす。

「最初は山の中の小さな流れだったのに、やがて水嵩《みずかさ》が増して、ゆっくり流れたり、激流になったり。時には氾濫したり。まるで人生みたい」

「静香の人生って雄大だったの？」

「これから雄大になるのよ」

「仰《おっしゃ》る通りですね」

東子が静香に追随した。

「石狩川は悠然としているわ。あたしも人生を悠然と構えて進んでゆきたいわ」

「静香は落ちつかないものね」

「いいでしょ。人それぞれよ。人はそれぞれ自分だけの物語を持ってるけど、きっと川もそう」

「石狩川には伝説があるんです」

静香の言葉を受けるように石が言った。

「あら、聞きたいわ」

石が舟の速度を落とした。

「カムイコタンの伝説なんですが」

アイヌの言葉でカムイは神を、コタンは村を表す。ここで言うカムイコタンは旭川《あさひかわ》にある石狩川の峡谷のことだ。

「昔、魔神が巨石で石狩川を堰《せ》きとめて上川《かみかわ》盆地の村人たちの溺死を企《たくら》んだんです」

「どうしてそんな事を……」

「ひとみ。魔神だからでしょ。それ以上の理由はないわよ」

「そんなものかしらね」

「で、村人たちは死んじゃったの？」

「いいえ」

石は笑みを浮かべた。

「熊の神が助けたんです」

「熊の神？」

「はい。熊の神が爪で巨石を砕いて水が元通り流れるようになったんです」

「よっぽど大きな爪だったのね」

「そういう問題じゃないでしょ」

「どういう問題かしら？」

静香は石に顔を向けた。

「魔神がレジャーランド、あなたが熊の神とでも言いたいの？」

レジャーランドが村人を苦しめ、それを救うのが熊の神である石信之……。

「ご想像にお任せいたします」

石は再び舟の速度を上げた。

「ただ、誰でも、普通の人でも、ある人にとっては魔神になりうるとは思います」

「誰のことを言ってるの？」

「永山さんだって、宇賀沢さんにとっては魔神だったのではないかと思ったんですよ」

「宇賀沢？」

「永山さんが通っていたスナックの店主ですよ」

「へえ」

静香はさりげなくメモを取った。

「でも、永山さんが魔神って……」

「感じのいい人だって聞いたけど」

ひとみが口を挟む。

「そうかもしれません。人当たりはいい。それだけにモテる」

石の言葉でひとみはピンと来た。

「浮気？」

石は頷いた。

「やっぱり」

「ひとみ。どういう事よ」

「鈍いわね。スナックの店主である宇賀沢さんの奥さんと、客として通っていた永山さんが浮気をしていたってこと」

「ええ!?」

「そんなに驚くことないじゃない。よくあることよ」

「あなたの常識じゃ、よくあるかもしれないけど、貞淑なあたしとしてはビックリする話よ」

静香は顔を石に向けた。

「石さん。あなた、それ警察には言ったの？」

「言ってません」

「言った方がいいわね。重要な情報よ。永山さんは殺された可能性があるから」

「そうなんですか？」

静香は頷く。

「浮気をする心境って、まったく判らないわ。もちろん、された経験もないし。ひとみ。どんな感じなの？」

「知るわけないでしょ」

ひとみがムスッと答えた。

「あ、ごめん。カレシいなかったんだっけ」

「石さん。その話、本当なんですか？　浮気の話」

ひとみが強引に話を戻す。

「本当です」

「どうして知ってるんですか」

「私もスナックの常連ですから」

「そこで宇賀沢マスターとそういう話になったってわけか」

「そうです。宇賀沢さんにとって永山さんは恨みの対象になるんです」

「永山さんに対しては動機があるわよね。でも奥さんに対しては？　奥さんも襲われてるのよ」

「カモフラージュかもしれないわね」

ひとみが言った。

「永山さんだけを殺せば、動機がある自分が真っ先に疑われるから、疑われないように恨みのない奥さんまで襲った。だから奥さんには止《とど》めを刺さなかった」

「ひとみ。あなた、いつになく冴《さ》えてるわね」

「どうも。〝いつになく〟は余計だけど」

「ごめん。〝初めて〟って言った方が正確ね」

素直には褒めない静香だった。

「岸に着きます。ここから駅はすぐですよ」

静香たちは石に礼を言うと舟から下りた。

＊

紀子の入院先である道心会《どうしんかい》病院は安全対策も比較的しっかりしていて、病棟各階のエレベーターから続く廊下と病室エリアの間には透明の扉が設置され解錠しないと病室エリアには入れない造りになっている。

もっともボタン一つで解錠はできるので、入ろうと思えば誰でも入れるわけだが、それでも精神的な壁の役割は果たしているはずだ。

看護師の中島真沙子《なかじままさこ》はナースステーションから永山紀子の病室に向かうとき、透明の扉が閉まる気配を感じて振りむいた。すでに扉は閉まり、誰かがエレベーターに向かって廊下を曲がった姿が見えた。中島真沙子は気にもとめず永山紀子の病室に向かって歩きだした。午後の検温のためである。

「永山さん」

声をかけながら入り口付近のカーテンを開けて中に入る。紀子はベッドの上で寝ていた。いつもの光景だ。だが中島真沙子は違和感を覚えた。

（点滴が外れてる）

すぐに気づいた。

「永山さん！」

声をかけても紀子は目を覚まさない。中島看護師はすぐに外れている点滴の管を輸液バッグに繋いだ。コールボタンを押して応援のナースを呼ぶ。

「永山さん。大丈夫ですか？」

紀子は薄目を開けた。

「中島さん。どうしたんですか？」

中島看護師のただならぬ様子を感じたのか紀子が訊いた。

「点滴が外れていたんです」

「え？」

紀子は目を見開いた。医師が病室に入ってきた。

「先生……」

紀子が不安げに医師を見上げる。医師は紀子の脈を取る。

「大丈夫そうですね。素早い処置のお陰でしょう」

医師の言葉に紀子はホッとしたように小さな溜息《ためいき》を漏らした。

「どうして点滴が外れていたのか判りますか？」

紀子は首を横に振った。

「誰か病室に入ってきた人は？」

「判りません。今日はずっと寝ていたので」

「警察に連絡した方がいいでしょうか？」

中島看護師が医師に訊いた。

「どうかな。自然に外れたということも考えられる」

「それはないと思います」

中島看護師が凛《りん》とした口調で言った。

「今朝はきちんと作動していたことを確認しています。その時には装備に異常は見られませんでした」

「判った。念のために僕から警察に連絡しておこう」

中島看護師は頷いた。

＊

指定されたバーに〈アルキ女デス〉の三人は足を踏みいれた。

店内は思ったよりも広く、ほどよく客が入り空席は疎《まば》らだ。店内を見回すと奥の席に坐《すわ》るグラマラスな女性が三人に向かって軽く手を挙げる。白地に黒い蝶《ちょう》をあしらったミニのワンピースを着ている。静香はその女性に向かって歩を進めた。

「あなたが早乙女さん？」

静香たちが席に着く前に女性が声をかけてきた。女性は煙草を吸っている。

「そうよ。あなた宇賀沢さんね？」

女性が頷く。女性は宇賀沢恭範の妻、萌絵だった。三人は女性を取り囲むように坐った。ウェイターに水割りを三人分とソーセージの盛りあわせを注文する。

「お呼び立てして申し訳なかったわ」

「いいのよ。どうせ暇だもの」

宇賀沢萌絵は煙草を吹かしながら応える。宇賀沢萌絵は三十三歳。背が高く顔の造りも派手にできている。

「それに、奢《おご》ってくれるって言ったし……。そうよね？」

「ええ」

「うちのお店のお客になるかもしれないしね。奢ってもらえて営業活動ができるのなら、こんないい事はないわ」

「そういうこと」

水割りが来ると四人は小さく乾杯をする。

「ご主人に会ったから、奥様も地味な人かと思っていたけど、あなたは派手でグラマーね」

例によって静香が明け透けに話しだす。

「のみの夫婦よ」

萌絵も気を悪くしたりせずに笑みを浮かべて応えた。

「かなり年上の旦那さんでもあるわよね」

「十九歳上」

静香が口笛をヒュウと吹いた。

「だから浮気したの？」

途端に萌絵の顔が険しくなった。

「静香」

ひとみが窘《たしな》めるように声をかける。

「そう聞いたのよ」

「石さんね」

静香が答えずにいると萌絵は「口の軽い人」と言って灰皿で煙草を揉《も》み消した。

「事実なの？」

「まさか」

萌絵は否定した。

「永山さんは、うちのバーの常連よ。それで知りあっただけ」

「あなたもお店に出るの？」

「出るわ。主人より、むしろ、わたしの方が出てるぐらいよ」

「その方が客の入りがいいとか」

「そうね」

萌絵は否定しなかった。

「永山さんもあなた目当てでお店に通ってた」

「そうかもしれないわ」

萌絵が新しい煙草を口に銜《くわ》える。

「親しかったの？」

「比較的親しかったわね。しょっちゅう来てたから。ドライブに連れていってもらった事もあるわ」

「ドライブに？」

「お互いに配偶者がいるのに？」

ひとみが咎《とが》めるような質問を発する。永山悟史には妻が、宇賀沢萌絵には夫がいる。

「別にいいでしょ。亭主もわたしも免許を持ってないから、たまにはドライブに行きたいって思っただけよ」

静香は疑わしげな目で萌絵を見る。

「永山さんとは、どんな話をしたの？」

「そうねえ」

萌絵は煙草の煙を薫らせる。

「私のことが好きだとか」

萌絵がしれっとした顔で言った。

「男の人ってみんなそうよ」

萌絵が静香に向かって口を窄《すぼ》め煙草の煙を吹きかける。静香は避けない。

「本気じゃないでしょうけど」

「本気じゃなくて浮気？」

「男はみんな浮気をするものなのよ」

「レベルの低い男性としか、おつきあいしてこなかったみたいね」

萌絵がムッとして口を閉じた。

「でも、あなたのご意見、参考になったわ。あなたの周りにどういう男性がいるのかよく判ったもの。ありがとう」

静香は財布から五千円札を出すとテーブルに置いた。

「お釣りは要らないわ」

立ちあがるとひとみと東子を促してドアに向かった。背後から「足りないわよ」と呟く萌絵の声が聞こえた気がした。

＊

永山紀子の病室に前川剛刑事と泉朝子刑事がやってきた。

病室には男性の医師が一人と女性看護師が二人、詰めている。永山紀子は意識がありベッドに横たわりながらも目を覚ましている。

「大丈夫ですか？」

前川刑事が声をかけると紀子は横になったまま頷いた。

「先生。永山さんの容態は？」

「心配いりません」

泉刑事はホッとしたように息を漏らした。

「管が外れていることに早めに気がついたので」

そう言うと医師は看護師を振り返った。

「どのような種類の点滴だったのでしょうか？」

「主に栄養と水分の補給です。食欲がなく、あまり食事もされていないようなので」

「そうですか」

泉刑事がメモを取る。

「とんだ目に遭いましたね」

前川刑事が紀子に声をかける。

「前川さんには、お世話になりっぱなしで」

紀子が申し訳なさそうに言う。

「気にしないでください。それが私の仕事です」

「はい」

「早速、お尋ねしたいんですが永山さん。今日、病室を訪れた人は?」

「いません」

紀子は即答した。

「いつもの看護師さんと先生だけです」

「このかたたちですか?」

紀子は医師と看護師二人に目を遣ると頷いた。

「あなたが発見したんですか?」

前川刑事は看護師の一人に目を移す。

「はい」

「その時の様子をお話しいただけますか?」

「はい。でも、特に変わったことは……。ただ〝管が外れている〟と思っただけで」

「不審な人物などは?」

看護師は思いだそうとしているのだろう、心持ち顎を上げる。

「誰かが廊下を出ていった気がします」

「その人物の特徴は？」

看護師は首を横に振った。

「チラリと見ただけなので……」

「男性か女性かは？」

「男性だったと思います。ただ廊下には、お見舞いの人がしょっちゅう出入りしているので」

「この病院の管理体制は？」

「しっかりしていると思います」

医師が答えると看護師二人が頷く。

「受付で名前を記入して名札をつけなければいけませんし、エレベーターから降りて病室に行くには施錠されたドアを通らなければなりません」

前川刑事が頷く。

「ただ、見舞客であれば、誰でも入ろうと思えば入れることも事実でしょうね」

「嘘の名前を記入して受付を通り、ボタンを押せば病室エリアへのドアは開く」

「はい」

「防犯カメラはありますか？」

「病院の入り口にあります」

「後で見せてもらいましょう。誰に許可を取ればいいですか？」

刑事二人は一通りのことを聞き終えると病室を後にした。

＊

〈アルキ女デス〉の三人は札幌駅の高架下でスープカレーを食べていた。

「ちょっとヒリヒリするけどおいしいわ。やっぱり札幌に来たらスープカレーよね」

スープカレーは三十年ほど前に札幌の飲食店がスープ状のカレーを出したことが始まりとされている。

「ビールも進むわね」

「人が一人死んでるっていうのに、よく飲んだり食べたりできるわね」

ひとみが静香を窘《たしな》める。

「これでも遠慮してるのよ。あなたと違って」

サッポロビールの追加分が運ばれてきた。

「いつの間に頼んだのよ」

「いけなかったかしら」

ひとみは虚を衝《つ》かれたように一瞬、言葉に詰まった。

「いけなくはないわ」

「そう来なくっちゃ。だからあなたが好きなのよ」

いつもは毒舌だが真正面から人を褒めることができる静香に照れながらも少し嬉しいひとみだった。

「宇賀沢萌絵さんが仰っていたこと、本当でしょうか」

東子が本題を切りだした。

「永山さんと浮気はしていないって言ったことね」

静香も真顔になる。

「はい。仮に浮気をしていたとしても、初対面の人にはお話しなさらないのではないかと思うのです」

「そうよね。話したら旦那の動機を認めることになってしまうし」

「浮気をしてる身で旦那のことを庇《かば》う?」

「自分の旦那が殺人犯になったら自分の人生だって大打撃でしょうが」

「たしかに」

ひとみもビールを口に運ぶ。

「で、静香。あなたの心証はどう? 萌絵さんは永山さんと浮気してると思う?」

「思うわ」

静香は即答した。

「あなたが言うんだから確かでしょうね」

「どういう意味？」

「他意はないわ」

ひとみはビールを飲みほすとビール瓶を摑んで自分のグラスに注《つ》ぎ足した。

「でもそうなると、永山さんが殺されたとしたら一番の容疑者は宇賀沢恭範になるわけ？」

「どうかしら。自分の妻を寝取られた復讐《ふくしゅう》に永山さんを殺して、動機をカモフラージュするために紀子さんまで襲ったって一応は考えることができるけど、実際問題、そこまでやるかしら？」

「静香だったらやる？」

「あたしだったらやるわ」

話にならない、とひとみは思った。

「他に怪しげな人はいないのでしょうか？」

東子が言った。

「他に怪しげな人……」

静香がジッとひとみを見つめる。

「ひとみ。あなた、熊木さんを好きになってしまったんじゃない？」

紀子を見舞いに来ていた木彫り師……。

「な、何よいきなり」

ひとみの顔が引きつる。

「図星か」

「勝手に決めつけないでよ」

ひとみは頬を脹《ふく》らませたがすぐにスープカレーを口に運ぶ。

「だいたい、そんな話、いま関係ないでしょ」

「翁さん」

東子が口を挟んだ。

「なに？」

「静香お姉様がお訊きになったのには意図があるように思われるのです」

「どんな意図よ」

「熊木さんも容疑者の一人だってこと」

東子を制するように静香が答えた。

「熊木さんが？」

ひとみの顔が蒼《あお》くなる。

「どういうこと?」

「われわれは関係者全員を疑ってかからなくちゃいけないのよ」

「われわれは刑事じゃないんですけど」

「でも事件を解決したいの」

静香がひとみを見つめる。

「そうね。熊木さんだって関係者の一人よね。でも動機は?」

静香は答えない。

「動機がないんじゃ容疑者リストから排除ね」

「ひとみは気づかなかったの?」

「何よ?」

「永山紀子さんと熊木さん。お互いに惹《ひ》かれあってるわ」

「え?」

東子は静香の言葉を黙って聞いている。

「まさか」

「そんな雰囲気だった」

「雰囲気だけじゃ」

「あたしの勘は当たるのよ。女の勘」

「わたしだって女ですけど」

「でも恋に落ちた女は勘が鈍るわ」

ひとみがギクッとしたように肩を小さく震わせた。

「図星だったみたいね」

「それも女の勘？」

「そう。端《はた》から見てると判るのよ。だから忠告したいの。熊木さんに惚《ほ》れるのはやめた方がいいってね」

「大きなお世話」

「友人として言ってるのよ」

静香もグラスを呷る。

「永山紀子さんと熊木さんが惹かれあってたら動機になるって言うの？」

「なるじゃない。紀子さんは人妻なのよ。紀子さんに惚れてる熊木さんにとって、夫の永山悟史は邪魔者」

「だから殺したって言うの？」

「そういう可能性もあるってこと」

「だったら紀子さんまで襲われたのはおかしいじゃない」

「そうなのよね」

「静香説崩壊」

「何か理由があるはずなのよ」

「熊木犯人説に拘《こだわ》らないでちょうだい」

「それだけに拘ってるわけじゃないけど……」

「宇賀沢恭範の方がよっぽど怪しいでしょ」

「石さんも」

東子が口を挟む。

「そうね。石信之を危うく忘れるところだったわ」

「どっちかっていうと石信之が本命じゃない？」

「そうかもしれないわ。石信之の犯人確率五〇パーセント。宇賀沢恭範の犯人確率四〇パーセント。熊木俊平の犯人確率三〇パーセントってところかしら」

「一〇〇パー超えちゃうんですけど」

「細かいことは気にしない」

静香はビールを飲みほした。

＊

永山紀子はデミオの後部座席に乗りこんだ。

運転席には静香が坐り助手席に東子、後部座席には、ひとみが坐っている。

「でもよかったわ。退院できて」

「迎えに来ていただいて、ありがとうございます」

紀子は頭を下げる。

「いいのよ。乗りかかった車よ」

静香は紀子の自宅の住所を聞くとナビをセットしてデミオを発進させた。

「警察の警護もつくのね」

デミオの後ろには覆面パトカーがついてきている。

「はい。自宅にも、ついてくれるそうです」

「これで安心できるわね」

「なんだか申し訳なくて」

「遠慮することないわよ。ご主人が亡くなって、あなたも狙われたんですもの」

「それも二回」

ひとみが静香の言葉を補足する。

「点滴まで外されて。大胆な犯人よね。病院にまで侵入してくるんだもの」

「怖いわよね」

「はい。でも警護がつくので安心です」

その声は少し震えているようだ。

「心当たりはないの？　ご主人が殺された可能性があること。そしてあなたが襲われたこと」

「ないんです」

紀子はすぐに答えた。

「警察もまだ犯人を逮捕できないんですものね。でも病院であなたの点滴の管を外した人物はすぐに判るかもしれないわよ。病院の入り口に防犯カメラがあるらしいから」

「はい。でも病院には裏口があるんです」

「え？」

「裏口から入ったとすれば防犯カメラには映りません」

「そうか」

静香はステアリングを握りながら考える。

「ポイントは、やっぱり、あなたたちご夫婦が二人とも被害に遭ってる事なのよね」

車は振動を感じさせずに国道をひた走る。

「紀子さん。あなた熊木さんのことをどう思う？」

「え？」

「あの人、あなたのことが好きよ」

紀子は驚いたのか返事をしない。

「これからは熊木さんが紀子さんを守るってこと？」

ひとみが訊いた。静香は答えずに車の速度を少し上げた。

*

捜査会議が開かれていた。

「原点に立ち返ろう」

署長が口を開く。

「永山悟史は事故死ではなく殺害された。この線で、もう一度、事件をお浚《さら》いしてみるんだ」

レジメを捲る音が室内のあちこちから聞こえる。

「まず永山悟史の死因だが、これは溺死で間違いないか？」

「間違いありません。鑑識からそう報告が来ています。永山悟史の肺、胃から石狩川の水も検出されています」

「ということは殺害現場は石狩川か」

「だと思われます。突き落とされたのでしょうか？」

「さして深くない場所で発見されている。もちろん深い場所に落とされて死亡後に流された可能性もあるが、むしろ発見場所付近の比較的浅い場所で犯人に顔を押しつけられて窒息させられた可能性を考えるべきだろう」

「目撃者を探すんだ」

　渋谷本部長が口を挟んだ。

「犯人が石狩川で被害者の顔を押しつけて殺害したのなら、犯人は少なくとも数分は川の中にいたはずだ」

「かなり目立ちますね」

「死亡推定時刻は深夜だが目撃者がいる可能性はあるぞ」

　捜査員たちがメモを取る。

「次に二人の容疑者のアリバイを見ていこう」

　ホワイトボードに署長が二人の名前を書きだす。

　一、宇賀沢恭範
　二、石信之

「まず宇賀沢だが、この人物の妻は殺された永山悟史と不倫の関係にあった」

室内がざわめく。

「つまり、自分の妻の浮気相手である永山悟史に対して恨みを持っていた」

「動機あり、ですか」

「そういう事だ。ただし永山の妻の紀子を襲った動機は今のところ不明だ。そしてアリバイだが」

渋谷本部長に促される形で前川刑事が立ちあがる。

「永山悟史の死亡推定時刻である四月二十三日の深夜十二時前後ですが、宇賀沢はその日、午後十一時に店を閉めて自宅に向かっていたと供述しています」

「自宅に着いたのは？」

「午後十一時三十分ぐらいだという事です。妻の萌絵が証言しています」

「他に証明できる者は？」

「今のところ、いないようですね」

「宇賀沢の店と犯行現場と思しき場所の位置関係は？」

「自転車で三十分ほどです」

「その日も自転車で移動を？」

「そのようです」

「辻褄《つじつま》は合うが、妻の証言の信憑性《しんぴょうせい》が問題になるな」

署長が頷く。

「石は？」

「アリバイがあります」

泉刑事が立ちあがって発言すると前川刑事が坐った。

「被害者の死亡推定時刻に石は札幌の漫画喫茶に入っています。夜の十一時に入店して店を出たのは明け方です」

「なるほど。石はアリバイありか。宇賀沢はアリバイありと供述はしているが証明は成されていない。そうなると決め手は目撃者探しだ。各自、目撃者の割りだしに全力を挙げてくれ」

捜査員たちは返事をするとそれぞれの任務に散っていった。

＊

アルファロメオの助手席にひとみは乗っていた。

「外車に乗ったのは初めてだわ」

「僕も外車を買ったのは初めてでした」

運転席でステアリングを握る熊木が応える。

「それまでは何に乗っていたの？」

「カローラです」

「あなたの運転で？」

「カローラなら、たまにレンタカーで借りて乗るわ」

「いいえ。静香。ウォーキングの会の旅行のたびに車を借りてるの」

「あの人は運転がうまそうだ」

「意外と安全運転なのよ」

「それが一番です」

アルファロメオが速度を落とした。

「〈サーモンランド〉の建設予定地は、もうすぐです」

「悪かったわ。わたしが〝見たい〟なんて言ったばっかりに」

「僕も見たいと思ってたんですよ。敵情視察も大事ですから」

「敵情って……。やっぱり〈サーモンランド〉の建設には反対なの？」

「反対です」

熊木はキッパリと言った。

「どうして？」

「計画が杜撰《ずさん》だからですよ」

ひとみは小首を傾《かし》げた。

「僕は、なにも闇雲にレジャーランドに反対しているわけではありません。レジャーランドが地域のためになるのなら賛成しますよ。地域が活性化すれば僕の店も恩恵を受けるかもしれませんからね」

「熊木さん……」

「でも〈石狩サーモンランド〉はその辺のデータを提示してくれないんです」

ひとみは熊木の横顔を見て〝男らしい〟と思った。

「すみません。関係のない翁さんにこんな話を」

「いいえ、そんなこと。わたしは、こうしてドライブができるだけでもいいんです」

ひとみは顔を赤らめた。

「でも、紀子さんに悪いわ」

「え？」

ひとみは鎌をかけているのか無言で熊木の言葉を待つ。

「どうして紀子さんに悪いんですか？」

「だって紀子さん、熊木さんのことが好きみたいだから」

アルファロメオの速度がさらに減速される。

「紀子さんは結婚されてるんですよ」

「ええ。ご主人は、あなたのお知りあいの永山悟史さん。でもその永山悟史さんは、もう亡くなった」

「何が言いたいんですか」

熊木の声に険が含まれる。

「ごめんなさい」

アルファロメオが停車した。

「気にしないで。そんな気がしただけだから。何もないんならそれでいいの」

「翁さん……」

ひとみは何も言わずにドアを開けて車を降りた。

*

前川剛刑事と泉朝子刑事の二人は再び宇賀沢が経営するスナックを訪ねた。

「もう話すことは、ないんですけどねえ」

宇賀沢恭範がサイコロステーキを焼きながら言う。店内には三人ほどの客がいる。

「他のお客さんの迷惑にもなりますし」

「そのお客さんにも訊きたいんですがね」

「何の話だい？」

　客の一人が宇賀沢と前川刑事の話を聞きつけた。六十歳前後と思われる中肉中背の男性だ。顔は程よく肉がついた長方形で、眉が太く目がギョロリとしている。

「永山という男性が殺害された話です」

「永山さんか」

「ご存じですか？」

「知ってるよ。この店で知りあって何度か話したことがある」

「どんな話を？」

「たわいない話さ。野球の話とか」

「草野球ですか？」

「いや、プロ野球。二人とも日ハムのファンだから話が合ってね」

「なるほど。私も日ハムファンですよ」

「お、いいねえ。誰のファン？」

「大谷《おおたに》です」

「二刀流、どうかねえ。俺は投手一本でいった方がいいと思うんだ」

「同感です。あなたは球場へも行くんですかな？」

「俺は行かないけど永山さんは行くって言ってたね」

「奥さんとですかな？」

「それは知らないけど。ボックス席の年間シートを買ってるそうだ」

「豪勢ですな」

「あの人はお金持ちだから」

「そんなに給料がいいんですか」

「儲《もう》かってるらしいよ。レジャーランド会社」

マスターが口を挟む。

「このご時世、羨ましい話ですな」

「それもあるけど」

客は空になったグラスをマスターに向かって掲げた。前川刑事は黙って話の続きを待つ。

「もともと資産家なんだよ、永山さんの家は」

「そうなんですか」

「地元の名家でね」

「ご実家は、どういう家ですか？」

前川刑事の背後で泉刑事がさりげなくメモを取っている。

「地主だよ」

「なるほど」

「たかってくる人も多いのかしら」

前川刑事の背後から突然、泉刑事が口を挟んだ。客とマスターの視線が一瞬、絡んだのを前川刑事は見逃さない。

「いたんですか？　たかってくる人は」

前川刑事が客に詰めよるように訊く。

「いたみたいだね」

客は〝しぶしぶ〟といった体で答える。

「具体的には？」

「それは判らない。お互いに酔ったときに、そんな話になったんだよ」

「飲み代を奢っていたってこと？」

「それはない」

泉刑事の問いに客はピシャリと答えた。

「飲み代ではなくて、実際にお金を貸していたんだよ。永山さんは」

「いくらぐらいかしら？」

いつの間にか泉刑事が前川刑事の前に出ている。

「ピンキリだな」

「一万、二万円から？」

「まとまった金を借りたいと言い寄ってくる人物もいたらしい」

「相手は誰だか判りますか？」

「名前は聞いてないと思うよ。〝そんな奴《やつ》がいる〟って話だったから」

「そうですか」

泉刑事はメモ帳をしまうと「貴重なお話、ありがとうございます」と言って深々と頭を下げた。

3

前川刑事は一人で永山紀子を訪ねた。

「ご主人は知人に金を貸していたという情報があるんですが」

紀子の目の中で瞳が僅かに移動した。

「紀子さん。ご存じでしたか？」

紀子は神妙な顔で頷《うなず》く。

「知っていたのなら話してもらわないと」

「すみません」

「どうして話してくれなかったんですか?」

「それは……」

前川刑事は辛抱強く紀子の言葉を待つ。

「忘れていたんです」

「忘れていた?」

「はい。主人も、そんなに熱心にやっていた事ではないので」

「たまに知人に一万円、二万円を貸す程度?」

紀子は答えに詰まっている。

「もう少し多額のお金を貸していたという情報もあるんですがね。それはご存じ?」

「知っています」

「誰に、どのくらい貸していたのか判りますか?」

「判りません。わたしは関与していませんでしたし主人も詳しい内容は話してはくれませんでした」

前川刑事はまだ疑わしげに紀子を見ている。

「ご主人が記録を残していたというような事はありませんか?」

紀子は何かを思いだそうとしているのか一瞬、息を止めた。

「帳簿があります。主人がお金を貸していたことを記録した帳簿です」

「見せてください。もしかしたら犯人逮捕の重要な情報になるかもしれない」

紀子は頷くと立ちあがった。

「少しお待ちください」

紀子は前川刑事を残してリビングを離れた。前川刑事が待っていると紀子が戻ってくる。見ると手ぶらだ。

「あの……」

「どうしました？」

「ないんです」

「どういう事ですか？」

「主人が、いつも、しまっていた場所に帳簿がないんです」

「確かですか？　思い違いということは？」

「ないと思いますけど……」

「その場所を見せていただけませんか？」

「寝室ですけど……」

「お願いします」

紀子は頷くと「こちらです」と言って前川刑事を案内する。

「この部屋です」

ドアを開けると狭く薄暗い部屋の中央にダブルベッドが置かれ、部屋のほとんどを占領している。紀子はスイッチを押して灯《あか》りをつけた。仄暗《ほのぐら》い灯りが部屋を満たす。ベッドの脇に小箪笥《こだんす》が置かれている。

「ここです」

紀子が指さした小箪笥の中程の引出が一段、引きだされている。

「いつもはここにしまってるんですけど」

「見当たらない？」

「はい」

「他の段に入っているということは？」

「ありません。他の段は衣類ですから」

「見ても、いいですか？」

紀子は一瞬、躊躇ったが「はい」と答えた。

小箪笥は五段あり、開いているのはちょうど真ん中の引出だった。その引出にはいくつかの書類が入っているが、帳簿らしきものは見当たらない。他の段も上から順に見ていくが、紀子の言った通り靴下などの衣類やハンカチがしまわれている。いちばん下の引出には女性物の下着がしまわれていた。下着の下から避妊具の箱らしきものが見えている。

「たしかに、ないようですね」

前川刑事は急いでいちばん下の引出を閉じる。

「どうしてないのか心当たりはありますか？」

「ありません」

「ご主人が、どこか別の場所に移したとか？」

「そんな事はないと思いますけど……。この場所以外に保管場所は思いつきません」

「失礼ですが預金通帳などは？」

「別の場所ですが……」

「その場所も確認していただけますか？」

紀子は頷くと寝室を出た。前川刑事も紀子に続いて寝室を出る。

「主人の書斎です」

中に入ると紀子は書棚の下に備えつけられている引出を開けた。

「ここに主人の通帳をしまってあったんですが、今は相続の手続きで銀行に預けてあります」

「なるほど。それで帳簿は？」

「やはり、ないようですね」

前川刑事は頷いた。

「失礼ですが、ご主人の遺産は、どのくらいあったんでしょうか？」

紀子は驚いたように前川刑事を見た。

「お答えしなければいけませんか？」

「お願いします」

前川刑事は紀子の目をジッと見た。紀子は諦めたように小さな溜息を漏らす。

「八千万円ほどです」

前川刑事の口が口笛を吹きそうな形に窄《すぼ》められたが、小さな息を漏らしただけだった。

「ご主人は資産家だったのですね。だからお金も貸していた」

「頼まれたときに貸していただけだと思います」

「でも帳簿はつけていた」

「そうですね」

「その帳簿があれば、ご主人が誰にどれくらいお金を貸していたのかが判ると思うのですが、どういうわけか帳簿がなくなっている」

「どうしてないのか、わたしにも判りません」

「ほかに判るものはないですか？　帳簿のコピーを取っていたとか」

「ないと思います」

「それは変ですね。貴重な記録です。普通はコピーを残していると思いますがね」

「貴重な帳簿が二つになることが厭だったんじゃないでしょうか。その分、どちらかが人目に触れる危険性が高まるのですから」

「ご主人は、そのような話を？」

「していたような覚えがあります」

前川刑事は頷く。

「しかし結局、帳簿はなくなってしまった」

「どうしてでしょう？」

紀子の丸い目が前川刑事を見つめる。

「こっちが訊きたいですな」

紀子は力無く頷いた。

「事件と何か関係があるんでしょうか？」

「それは、これからの捜査によって明らかになるでしょう」

前川刑事は永山家を後にした。

＊

〈アルキ女デス〉の三人が札幌の駅ビル十階にある回転寿司《ずし》店に入ると見覚えのある男女がテーブル席で寿司を摘《つま》んでいた。

「あら、相席していいかしら」

返事も待たずに静香が泉朝子刑事の隣に坐った。

「君たちは……」

「お寿司が食べたいと思って入ったけど丁度よかったわ」

「何が丁度いいんだ？」

前川刑事が苦い顔をする。その隣に、ひとみが坐る。東子は静香の隣に落ちついた。

「永山さんの事件に関して調べてもらいたい事があったのよ」

「ふざけるな」

前川刑事は静香の依頼を一蹴した。

「素人が捜査に首をつっこむんじゃない」

「これでも実績あるのよ」

「俺は定年まで何事もなく刑事人生を終えたいんだよ」

「失礼ね。あたしが問題を起こすとでも？」

「素人を引きずりこんだ時点ですでに問題なんだ」

「前川さんは昇進も控えてるんだし」

「あら、おめでとう」

「泉。余計なことは言わんでいい」

「すみません」

泉刑事がペコリと頭を下げた。

「ということだ。捜査はプロに任せてもらおう。捜査は地道なものなんだ。趣味でやれるもんじゃない」

「判ってるわよ」

静香は素直に認めた。

「前川さんは靴もボロボロだもんね。それだけ歩き回ってるんでしょ。でも服ぐらい新しいものを買った方がいいわよ」

「余計なお世話だ」

「ごめん。気を取り直して、お寿司を食べましょう。あとビール」

「ビールは遠慮しよう」

「まだ勤務時間なの？」

「これから運転する予定があるんでね」

「どちらまで？」

「ホームセンターに買いだしだよ。米やらトイレットペーパーやら、生活必需品が切れてる」

「プライベートか。パトカーなんて使わないでよ」

「もちろん自分の車だ」

「捜査本部が立つと買物をする時間もなかなか取れませんよね」

泉刑事が助け船を出すように言った。

「そういう事だ。明日は重賞レースがあるのに競馬場にも行けん」

「刑事が競馬をやってもいいんだ？」

「競馬は公営だ」

前川刑事は苦い顔をした。

「先に失礼する。女子会トークには、つきあえないからな」

前川刑事は千円札をテーブルに置くと店を出ていった。

「さっき言ってたことは何なの？　調べてもらいたいことって」

女性だけになった気安さからか泉刑事が少しうち解けた様子で言った。

「調べてくれるの？」

「参考までに聞いておきたいのよ」

「肺の水の成分」

「え?」

「永山悟史さんの肺や胃から石狩川の水の成分が検出されたのよね」

「そうよ。鑑識の検証は間違いないわ」

「でも川の水って、雨が降ったりしたらかなり濁るんじゃないかしら?」

静香の意図が判らないのか泉刑事は小首を傾《かし》げた。

「つまりね」

静香は説明を始めた。

＊

〈アルキ女デス〉の三人は熊木俊平が経営する民芸品店〝石狩の家〟を訪ねた。二階建ての木造の建物で、三角屋根の下には木彫りの鮭のオブジェが掲げられている。正面のガラス戸を手で開けると奥の席に坐っていた熊木が気づき笑顔で出迎えた。

「来てくれたんですか」

「買物に来たわけじゃないのよ。事件のことを訊きに」

熊木は一瞬、虚を衝《つ》かれたように返事ができなかったが、やがて「ですよね」と真顔になった。

「ひとみが、どうしても行きたいって言ったのよ」

「人のせいにしないでよ」

「事実じゃない」

「静香が〝熊木さんは永山悟史さんと親しかったから、もう少し話を聞いてみたい〟って言ったんじゃない」

「知ってることであれば、なんでもお話ししますよ。奥の事務室に行きましょう」

「悪いわね」

熊木はアルバイトらしき若い男性に店番を頼むと奥に向かって歩きだした。

店の中央に人の大きさほどの木彫りの熊の像が置かれている。その熊を囲むように様々な像が置かれ、壁や陳列棚にも多くの木製民芸品が展示されて数人の客が見て回っている。

「作品の写真も飾ってあるのね」

熊や鮭の木彫り像の写真が数枚、壁に掛けられている。

「未練がましいんですが、自分の作品が売れて、手元になくなってしまうのが寂しいんです。だから大抵の作品は写真に残してるんですよ」

「判るわ。飾ってあるのは特に気に入った作品？」

「そうなりますね」

「これは変わった像ね。妖怪みたい」

「石狩川の魔神です」

「あら、この間、その伝説を聞いたばかり」

「そうですか。地元でも知ってる人は少なくなりました。先日、お客様から、とつぜん魔神の像を彫ってもらいたいと頼まれまして。いちばん新しい作品なんです」

「写真の日付を見ると四月二十三日にできたのね」

「はい。大急ぎで一日で作ったんです」

「すごい集中力ね」

「丸一日がかりでした。普通は三日はかかりますよ」

「でしょうね」

「熊の像なら作りかけのものがあったんですが、魔神なんて作ったこともなかったから苦労しました」

四人は奥の部屋に入った。

「立派なお店よね」

「経営は火の車なんです」

「え、そうなの？」

「建てるときにお金がかかりましたから、なかなか回収できなくて」

「最初は、みんなそうでしょ」

静香が軽く言う。

「お金を貸してくれる人がいるだけ、たいしたもんよ」

熊木は答えない。

「それより、訊きたいのは永山悟史さんのことよ」

「永山さんの何を？」

「萌絵さんと浮気してたんじゃないかってこと」

一瞬、熊木の顔が険しくなった。

「知ってるのね？」

「いえ」

「お願い。知ってることは何でも言って。犯人を捕まえる手がかりになるかもしれないんだから」

熊木は観念したように肩の力を抜いた。

「永山さんと飲んだときに〝宇賀沢萌絵さんと会ってる〟と聞いたことがあります」

「やっぱり」

「それを聞いて永山さんの奥さん……紀子さんが、かわいそうになって、すぐに忠告しようかと思ったんですが……」

「言えなかったのね？」

「ええ。永山さんが酔っぱらって、ありもしないことをつい口にしてしまったんじゃないかって、そんな可能性も考えてしまいまして……。もしかしたら〝そうであってほしい〟という願望だったのかもしれませんが」

静香は頷いた。

「宇賀沢恭範さんには動機があるってことが確認されたわけね……。ありがとう。貴重な情報を聞けたわ」

静香は立ちあがった。

「お店、がんばってね。お客さんがたくさん入ってるんだもの。これからどんどん盛り返していけると思うわ」

「ありがとうございます」

熊木は深々と頭を下げた。

*

静香と東子が宿の露天風呂に入っている。

「犯人が捕まらないのは不安です」

東子が言う。

「そうよね。一人が殺されて一人が襲われた。その犯人が捕まってないんじゃ、また誰かが襲われて殺されるかもしれないもんね」

「一刻も早く犯人を捕まえないといけないと思います」

「でも犯人の見当もついてないのよ」

「宇賀沢恭範さん、ではないでしょうか?」

「どうしてそう思うの?」

「宇賀沢恭範さんには動機があります」

「そうよね。妻を寝取られた恨み。でも、それだったら自分の妻に恨みの矛先が向かってもおかしくないんじゃない?」

「はい。そこが解せないところです」

「石信之も怪しいわよ」

「たしかに」

「永山悟史さんに恨みを持っていたし、過去に同じような企業に脅迫メールまで送ってたんでしょ?」

「そう聞いています」

「だったら限りなくクロに近いじゃない」

「その通りです。ただ宇賀沢さんと同じように恨みの対象はあくまで永山悟史さんで
あって奥さんではないのです」

「なのに紀子さんも襲われている」

「どちらの容疑者も決め手がないのよね」

「もしかしたら」

「お待たせ～」

能天気な声をあげながら、ひとみが入ってきた。

「遅いわよ」

「めんごめんご」

ひとみは素早く軀を洗っている。

「死語で返さないでくれる？」

「わたし歴史学者だから歴史的な言葉を使っちゃうのよ」

「いま東子が犯人に迫る重要な発言をしようとしていたのよ」

「そんな事より」

ひとみも湯船に浸《つ》かった。

「こっちも犯人に迫る重要な情報を持ってきたわ」

「何よ」

「泉刑事から電話があったの。それを受けてて遅れたのよ」

「泉さん、意外と律儀ね」

「どのような情報でしょうか？」

　東子の顔が心持ち真剣になる。

「あのね、永山悟史さんは人にお金を貸してたのよ」

「そういえばあたし、ひとみに千円貸してなかったっけ？」

「借りてないわよ。それに永山さんが貸してたお金はそんなチンケな額じゃないの。最低十万円。百万単位のお金も貸してたんですって」

「利子を取って商売してたってこと？」

「そう」

「それ、重要な情報よ」

「だから言ったでしょ」

「もしかしたら」

「しかも永山さんがつけていた帳簿がなくなったの」

　また東子の言葉を遮ってひとみが情報を提供した。

「そうよ。商売にするだけあって永山さんは人に貸しつけていたお金の出し入れをすべて帳簿に記録していたんですって」

「帳簿？」

「それが、なくなったって言うの？」

「そうなのよ」

「メチャクチャ重要な情報じゃないの。どうして今まで黙ってたのよ」

「いま聞いたのよ。言ったでしょ」

「でも、だとしたら、それが永山さんが襲われた原因だって考えられない？」

「むしろ、それしか考えられないんですけど」

「あたしってお風呂に入ってるといい考えが浮かぶのよ。珍しいでしょ」

「そういうこと、よくあるような気がするわよ。血の巡りがよくなるんじゃないかしら？」

「でも、そうだとしたら」

静香が目を瞑《つぶ》った。

「お姉様。何か考えが？」

「嘘《うそ》よ」

静香が目を瞑ったまま呟《つぶや》く。

「嘘？　何が嘘なのよ」

「そんなこと、信じられない」

「だから、何が信じられないのって訊いてるのよ」

「そんなわけないわよね」

「もしかしたら犯人が判ったの？」

静香は頷く。

「誰なのよ」

「あまりにも意外すぎる人物よ」

「だから誰よ」

「確信が持てない。あと少し決め手を思いつかないと」

「決め手がないって……。それじゃあ、ただの思いつきじゃない」

「もっと血の巡りをよくする必要があるわ」

「これ以上、どうよくするって言うのよ」

「あ、そうだ。こうすればどう？」

そう言うと静香は頭まで潜った。

「小学生みたい」

とつぜん静香が跳ねあがるように立ちあがった。

「判った！」

立ちあがった静香の軀から弾《はじ》けるように湯が流れ落ちる。

「判ったって？」

「すべてが判ったのよ。信じられないけど、これが真実」そう言うと静香は湯を出てスタスタとドアに向かって歩いていった。

＊

石狩川の畔に〈アルキ女デス〉の三人がやってきた。

「泉刑事は少し遅れる」

先に来ていた前川刑事に言われると静香は無言で頷いた。

「それより早乙女さん。犯人が判ったというのは本当なのか？」

「判ったわ」

「誰だ？」

「みんなが集まったら説明するわ」

言い終わらないうちに永山紀子がやってきた。

「紀子さん。悪いわね。呼びだしたりして」

「いいんです。でも、犯人が判ったって……」

「永山さん」

熊木俊平が声をかける。

「熊木さんも来たんですか？」

「関係者は全員、呼んだのよ」

宇賀沢恭範と妻の萌絵の姿が見える。

「永山悟史さんと関係のある人の説明は受けたけど……。どういうこと？　呼びだしたりして」

「みんなにも証人になってもらいたいのよ。言い逃れできないようにね」

そう言うと静香は熊木を見た。熊木の顔が一瞬、険しくなる。

「これで全員ですか？」

「まだよ」

静香が振りむくと石信之が歩いてくるのが見える。

「石さん……」

石も緊張した面持ちで一同に並んだ。

「泉刑事以外は揃《そろ》ったわね」

「教えてもらうか。もし本当に犯人が判ったのなら、だがな」

「判ったわ」

みなの顔が強《こわ》ばる。

前川刑事の射抜くような視線が静香に注がれる。

「誰だ？」

「俺じゃない」

石が真っ青な顔で言った。

「あんたら俺を疑ってるんだろう」

「しょうがないでしょう」

熊木が石に言う。

「あなたは以前、同じような脅迫事件を起こしている」

「だからって殺したりはしない。脅迫は、たしかに卑劣な犯罪だよ。逮捕されて判った。でも罪を償ったんだ。二度と同じ過ちは犯さないよ」

「殺人もしてないしね」

熊木が驚いたように静香を見た。

「石さんは犯人じゃないわ。石さんにはアリバイがある。そうよね？」

静香に顔を向けられた前川刑事が頷く。

「石さんは犯行時刻には札幌の漫画喫茶にいた。これは店の防犯カメラによって証明されている」

石はホッとしたように小さく息を吐いた。

「じゃあ、いったい誰が……」

「まさか……」

宇賀沢萌絵が熊木を見た。

「熊木さんが犯人じゃないでしょうね」

「僕が？」

熊木が噴きだしそうな頓狂な声をあげた。

「ご冗談を」

「あながち冗談とも言えんな」

前川刑事が言う。

「どういう事ですか」

「熊木さんは永山紀子さんと不倫の関係にあった。だから邪魔なご主人を殺した……」

「違う」

「熊木さんは犯人じゃないわ」

静香が言った。

「どうしてだ？」

前川刑事が訊く。

「熊木さんはその日、お客さんにとつぜん頼まれて木彫りの像を彫っていたのよね」

石狩川に伝わる魔神の伝説をモチーフとした像。その写真を静香は熊木が経営する民芸品店で見ている。

「制作するには丸一日かかる。つまり熊木さんに犯行を行うだけの時間の余裕はなかった」

「なるほど」

石犯人説、熊木犯人説が否定されたところで泉朝子刑事がやってきた。

「遅れてすみません」

前川刑事が泉刑事に、静香によって石犯人説、熊木犯人説が否定されたことを素早く説明した。

「説明、ありがとうございます。わたしの方も、とても重要な情報を持ってきました」

「何だ？」

「事件の本当の犯行現場が判ったんです」

「なに？」

　前川刑事の目が吊《つ》りあがる。

「何のことだ？　犯行現場は石狩川だろう」

「いいえ」

　泉刑事はゆっくりと首を左右に振る。

「永山悟史さんの肺からは石狩川の水が検出されたって聞いたわよ」

　宇賀沢萌絵が言う。

「たしかに検出されました」

「だったら」

「その水は濁ってなければいけないんです」

「え？」

「事件当日、犯行現場付近の石狩川は前日の雨で濁っていました。色が違っていました。ところが遺体の肺から検出された水は濁ってはいなかったんです」

「ということは……」

「永山悟史さんは別の場所で、予め汲《く》んでおいた石狩川の水につけられ窒息死させられたと考えられます。その後、犯行現場を偽装するために石狩川まで運んだんです。すなわち犯行現場は別の場所です」

　静香と泉刑事は顔を見合わせて頷きあった。

「どこだ？」

前川刑事が訊いた。

「永山さんの自宅です」

「は？」

宇賀沢萌絵が声をあげる。

「永山さんの自宅にあったポリタンクから、永山悟史さんの肺から検出された石狩川の水と全く同じ成分の水が検出されたんです」

「永山さんの自宅って……。永山悟史さんは自分の家で殺されたって言うの？」

「その通りです。犯人は永山さんの自宅の鍵を持ち、自由に出入りすることができる人間ということになります」

「そんな人がいるの？」

ひとみが紀子に訊く。紀子は顔を強ばらせ答えることができない。

「そんなことができる者は一人しかいませんな」

前川刑事が割って入った。

「誰？」

「永山紀子さんですよ」

みなギョッとして紀子を見る。

「そんな……」

紀子の顔が蒼ざめる。

「つまり紀子さんが襲われたのは自作自演の狂言だったたって言うの?」

「紀子さん……」

熊木が驚いたような声で呼びかける。

「まさか紀子さんが……」

「違います!」

紀子が叫ぶように言った。

「わたしは、やってません」

泣きそうな顔で首を横に振っている。

「動機は?」

宇賀沢恭範が前川刑事に訊く。

「金かもしれないな」

「金?」

「ああ。永山悟史は資産家だった」

「結婚してるんだから紀子さんだってお金持ちに変わりはないでしょう。夫を殺さなくたって」

「だが資産は永山悟史が厳重に管理していて自分の自由にならなかったとしたら？」

「不自由はしていませんでした」

紀子が消えそうな声で応える。

「紀子さんは犯人じゃないわ」

静香が言った。

「早乙女さん……」

紀子が縋《すが》るような目を静香に向ける。

「どうしてだ。誰がどう考えても永山紀子が犯人だろう」

前川刑事が詰めよる。

「紀子さんはその日、東京にライブに行ってたのよ」

紀子が頷く。

「だがそれを証明できるのか？」

「紀子さん、証明できるわよね？」

「その日、ライブ会場の写真をたくさん撮りましたから、証明できると思います」

静香は頷いた。

「じゃあ、いったい誰だと言うんだ？　石信之でもない。熊木俊平でもない。永山紀子でもない。ほかには……」

「宇賀沢恭範さん？」

ひとみが言う。

「ちょっと待ってよ」

反論したのは萌絵だった。

「どうしてうちの人が」

「浮気の恨み」

萌絵の顔が何かを言いたそうに、だが言えずに真っ赤になった。

「紀子さん。あなたのご主人と宇賀沢萌絵さんは浮気をしていたのよ。知ってた？」

ひとみの言葉に紀子は首を横に振る。

「デタラメ言わないでよ」

萌絵が気色ばんで言った。

「わたしは不倫なんかしていない」

「萌絵……」

宇賀沢恭範が険しい目で萌絵を見つめる。

「あなたたちが不倫関係にあったことは証人もいるのよ」

「宇賀沢さんは犯人じゃないわ」

静香が言った。

「どうしてだね？」

前川刑事が訊く。

「宇賀沢さんは運転免許を持ってないもの。そうよね？　宇賀沢さん」

宇賀沢恭範は頷く。

「犯行現場は永山さん家《ち》だったんでしょ？」

「そうよ」

「だったら運転免許を持ってなければ犯行は無理でしょ。犯人は遺体を永山さん家から石狩川まで運んだんだから」

「たしかにそうですね」

泉刑事が納得すると前川刑事も頷いた。

「萌絵さんも免許を持ってないから容疑者リストから排除されるわ」

「だったら、いったい誰なんだ」

前川刑事が苛《いら》ついた様子で言った。

「容疑者リストに載っている者はすべて排除された。もう容疑者はいない」

「一人いるわ」

静香が言う。

「誰だ、そいつは？」

「あなたよ」

静香は前川刑事に視線を向けた。誰もが虚を衝かれたように言葉が出ない。

「私が？」

最初に口を開いたのは当の前川刑事だった。

「そうよ」

「ご冗談を」

本当に冗談だと思ったのか前川刑事は笑顔で応える。

「それが冗談じゃないのよ」

「冗談でしょ静香」

ひとみも信じていない。

「あたしが今まで冗談を言ったことあった？」

「けっこうあると思うけど」

「そんな冗談を言うためにみんなを集めたのか？」

前川刑事が不機嫌そうに言う。

「今まで挙がった容疑者は全員、犯人じゃないって証明されたわよね」

「だからといって前川さんが犯人だなんてメチャクチャよ」

宇賀沢萌絵が言った。

「その通りだ」

前川刑事が言う。

「冗談でないとしたら名誉毀損で訴えることも検討しなければならん。だいたい、どうして俺が永山悟史を殺害しなければならんのか、理由がどこにもない」

「前川さんは永山悟史さんからお金を借りていたんじゃないかしら。それが発覚しないように永山さんを殺害した」

泉刑事が前川刑事を見る。

「馬鹿な」

前川刑事が吐き捨てるように言った。

「俺は金になど困ってない」

「でも」

静香の冷徹な目が前川刑事を射抜く。

「前川さんはギャンブルをやっていたのよね」

「競馬に競輪。法律で認められているものだけだ」

「だけどギャンブルに借金はつきもの」

「推測でものを言うな」

「ギャンブルで借金をしてお金に困ってたんじゃない？　着ている服も擦りきれてい

るようだし」

「服に関心がないだけだ」

「前川さんは車を持っているのよね」

「それが？」

「犯行が可能だわ」

前川刑事は言葉に詰まった。

「第一、前川さんにはアリバイはあるの？」

静香の言葉を聞くと泉刑事は前川刑事を見た。前川刑事は答えない。

「すぐに答えられないところを見るとないようね」

「犯行時刻、俺は自宅で寝ていた」

「証明できないでしょ。アリバイはないようね」

「夜中だぞ？　誰だって寝ている時刻だ。第一、事件に無関係の者にアリバイなど必要ない」

「関係はあるみたい。あなたは元々、永山さんと接点があったんだもの」

前川刑事は反論できない。

「永山悟史さん、そして紀子さんの後をつけて行動パターンを把握することもやったかもしれないわね。刑事だから尾行はお手の物でしょうし」

泉刑事が顔を向けると前川刑事は「違う」と首を横に振った。

「前川刑事はなんらかの理由をつけて永山さんの家を訪ねた。もちろん紀子さんの留守を狙ってよ。おそらく借りていたお金を返すとか、あるいは刑事だから、なんらかの捜査だと偽って訪問したかもしれない」

「顔馴染《かおなじ》みだった永山悟史さんは特に怪しまずに前川さんの訪問を受けいれたのね」

「そうね。そして隙を見て飲み物に睡眠導入剤でも入れて飲ませたんじゃないかしら。それで意識を失った永山さんを水を張った洗面所で窒息死させた。その時の水は予め汲んでおいた石狩川の水なのよ。ポリタンクにでも入れて車に積んでおけばできるわ。他殺じゃなくて事故死に見せかけるために」

「でもその水の成分が、事件当日の石狩川の成分とは微妙に違っていた……」

静香は頷く。

「前川さんは昇進間近だったのよね。昇進は定年前のご褒美という意味合いもあったのかも」

「それが悪いのか？」

「昇進を前に不祥事が明るみに出ることは絶対に避けなければいけなかったのよ」

「将来の退職金もふいになってしまう」

泉刑事が補足するように言った。

「おそらく前川刑事は永山悟史さんから借金の返済を迫られていた」

「でも、返せなかった」

「返さなかったら借金を公表するとでも言われたのかもしれないわね。追いつめられた前川さんは永山悟史さんを殺すしかなかった」

「紀子さんを襲ったのも前川さんってこと？」

「そうよね？」

　静香の視線が前川刑事を射抜く。

「でもどうして紀子さんまで？」

「秘密を知られたと思ったんじゃないかしら？」

「え？」

「前川さんにしてみたら、永山悟史さんの妻である紀子さんの存在は恐怖であったに違いないわ。悟史さんを殺害までしたんだもの。その妻である紀子さんが夫と同じ秘密を共有していた可能性は排除できないでしょ」

「だから襲った……」

「頭を殴って石狩川に落としたり、病院に忍びこんで点滴の管を外したり……。でも幸いにも紀子さんは難を逃れた……。前川さん。あなたは永山悟史さんの人生という大河に現れた魔神だったのよ」

「勝手なことを言うな」

「泉さん」

静香が泉刑事に視線を移す。

「前川刑事の車を調べることはできる?」

「できます」

泉刑事がすぐに答えた。

「もし前川刑事が永山悟史さんの遺体を石狩川まで運んだのなら、その痕跡が検出されるかもしれないわよ」

「ですね」

泉刑事の返事を聞くと、前川刑事は河原に膝をついた。

＊

〈アルキ女デス〉の三人を見送りに、永山紀子と熊木俊平の二人が新千歳空港まで来ていた。

「悪いわね。空港まで来てもらって」

「いいえ。お世話になった三人ですもの。どこにだって見送りに行きます」

「お世話だなんて」

「三人がいなかったら、わたしは犯人にされていたかもしれません」

「僕だって」

はにかむように熊木は言った。

「やるべき事をやっただけよ」

紀子と熊木に見送られて三人は飛行機に乗った。

「前川刑事は永山さんの帳簿も処分したし、捜査にかこつけて予備の帳簿がないか紀子さんに探させてもいたのよね」

「恐いわね」

「でも今は紀子さんには熊木さんがいる。あの二人、いい雰囲気じゃなかった？」

シートベルトを締めると静香が言った。

「わたしも、そう感じたわ」

ひとみが同意すると東子も頷く。

「二人の人生の川が、そろそろ合流できるといいわね」

飛行機は離陸し、北の大地を後にした。

利根川殺人紀行

1

日が沈んで辺りがすっかり暗くなった頃、利根川《とねがわ》の河原《かわら》に二つの集団が集まり対峙《たいじ》していた。

どちらの集団も十代か二十代前半に見える若い男たちが中心となっている。髪を金色に染めた者が多い。リーゼントで固めた者もいる。中にはスキンヘッドの者も見受けられる。大抵の者が眉を剃《そ》っていた。はだけた学ランの下に晒《さら》しを巻いている者までいる。また手にはみなチェーンやバットを持っている。

利根川を流れる水が轟々《ごうごう》と音を立てている。水位はいつもよりも上がっているようだ。

「やれ！」

下流に位置する集団のリーダーらしき男が号令をかけると、下流の集団が一斉に上流の集団に襲いかかった。

「やっちまえ！」

上流に位置する集団のリーダーらしき男も号令をかける。

両集団がお互いに相手集団に突撃して乱闘が始まった。人体をバットで殴り、チェーンで肉をえぐり、素手で顔面を殴り、蹴りを入れる。怒号が飛び交い、皮膚にバットがめりこみ骨が折れる音が響く。

どれくらいの時間が経《た》っただろう。パトカーのサイレンの音が聞こえてくる。騒ぎに気づいた者が通報したのだろうか。

「逃げろ！」

誰かが叫んだ。男たちはその声を合図に乱闘を収め始めた。一気に駆け去る者、足を引きずりながら必死に逃げようとする者……。車で去る者、バイクで去る者……。サイレンの音が大きくなり数台のパトカーが河原に到着した頃には男たちは、あらかた姿を消していた。

＊

翌日……。

地元の刑事と警官が乱闘の検分に利根川の川沿いを歩いていた。

前を歩くのはスポーツ刈りの飯田《いいだ》敬三《けいぞう》。三十歳になる。背が高いから細身に見えるがスーツの下は筋肉質のガッシリとした体つきをしている。細い目から発せられる視線は鋭い。

飯田敬三の後をついて歩いている制服警官が、どこかひ弱そうに見える海老原勇也《えびはらゆうや》である。海老原勇也は二十八歳になる。ヒョロリとした体格で、前髪は垂らしているが、もみあげは刈りあげている。ファッション雑誌で得た最新の流行を取りいれたヘアスタイルだ。だが、いたって平凡な顔つきをしているので、あまり女性にモテた経験がない。

「イテ」

下を向いて歩いていたら飯田の背中にぶつかった。飯田が立ちどまり振りむいて海老原を睨《にら》む。

「す、すいません」

「お前は向こうを見ろ」

「え、あんな遠くですか?」

「二人で同じところを見ても効率が悪いだろう」

海老原は納得すると踵《きびす》を返した。

「そんなにボンヤリしていたら刑事になれないぞ」

「すいません」

海老原はもう一度、謝った。海老原は刑事志望だが、まだ登用試験も受けさせてもらっていない。

飯田刑事に言われて海老原は河原から少し離れた草むらに分けいった。

昨夜、この河原で暴走族同士の乱闘があった。一方は〈蛮族〉、もう一方は〈デビルスネーク〉という暴走族だ。乱闘に気づいた者の通報でパトカーが駆けつけ数人を逮捕し付近の検分もしたが夜分で暗かったこともあり、今日、明るいところでもう一度、付近を調べているのだ。

（ん？）

草の陰から靴が一足、見えている。海老原は目を凝らした。靴から三十センチほど離れた先に人の足が見えたような気がしたからだ。海老原は靴に近づく。

「あ！」

思わず声が出た。やはり人が倒れていた。若い男性のようだ。

「大丈夫ですか？」

海老原は男性に近づき、屈《かが》みこんで声をかけた。だが返事がない。

「もし」

もう一度、声をかけて肩に手をかけて、思わず手を引っこめた。男性の軀《からだ》はすでに固くなっていた。

＊

〈アルキ女《メ》デス〉の三人が新宿歌舞伎町《しんじゅくかぶきちょう》の居酒屋で定例会を開いていた。

「まずはビールで乾杯よ」

早乙女静香が音頭を取る。

「今度の定例会は青山《あおやま》にしない？　わたし、なんだか静香のホームグラウンドの歌舞伎町って性に合わないのよ」

乾杯を済ますと翁ひとみが言った。

「青山ねえ」

「それも、たまには、いいかもしれませんね」

桜川東子が応える。

「考えとくわ」

「〈アルキ女デス〉は自然の中を歩き回るんだから定例会ぐらいはオシャレしたいじゃない」

「歌舞伎町だってオシャレな街よ」

「静香のケバイ感性からしたら〝オシャレ〟なんでしょうけど」

「何よ、その棘《とげ》のある言い方」

〈アルキ女デス〉のウォーキングはただのウォーキングではない。歴史学者のメンバーらしく史跡などを訪ねるウォーキング旅行なのだ。過去に七回のウォーキング旅行を敢行している。

「次の定例会の場所よりも次の定例旅行の場所を決めましょうよ。もう一年ぐらい行ってないのよ」

「みんな忙しかったものね。どこか行きたい場所はある？」

「首里城《しゅりじょう》なんてどう？」

「利根川にしましょうか」

「はあ？」

ひとみが箸を置いた。

「利根川って……どういう事よ。首里城に行こうかって話をしていたのよ」

「話をしていたのは、ひとみだけでしょ」

「それはそうだけど」

「前回は石狩川に行ったのよ。当然、次も川で攻めなくてどうするのよ」

「別にどうもしないわよ」

「利根川は坂東太郎《ばんどうたろう》っていう異名があるわよね。そんな関東一の大河を見てみたいの。

せっかく前回は北海道一の大河を見たんだもの」

「あなた大河ファンだったの？　『おんな城主直虎《なおとら》』とか」

「それもあるわ」

あるのかい！　とひとみは思ったが何も言わなかった。こうなったら静香は人の言うことを聞かないと判《わか》っているからだ。

「それに水塚《みつか》をこの目で見てみたいのよ」

「え、ミツコが利根川に来てるの？」

「誰よミツコって」

「マングローブ……来てるわけないか」

「ミツコじゃなくてミツカよ」

「ミツカ……」

「ミズヅカとかミヅカとも言うんだけど、洪水対策用に建てられた小屋のことよ」

水塚は利根川周辺の群馬県館林《たてばやし》市、栃木県足利《あしかが》市、茨城県古河《こが》市、埼玉県加須《かぞ》市などに集中して見られる歴史的建造物だ。

利根川は古くから洪水をたびたび起こす〝暴れ川〟だったので流域住民は自宅近くに家屋を建てて洪水に備えた。この家屋が水塚である。水塚は母屋や納屋よりも高い位置……三メートルから五メートルの盛り土の上に建てられ、非常用の食糧や農具、小舟などが収納された。利根川氾濫時には小舟は遭難者の救助や食糧運搬などに使われた。

「知らなかったわ」

「あなた本当に歴史学者？」

「歴史に関係ないでしょ。どっちかって言うと地理学？」

「どっちにしろ見たいのよ」

「しょうがないわね。利根川でもいいかな。このところ忙しいから近場の方が都合がいいし」

ひとみの態度も軟化し始めた。

「そう来なくっちゃ。利根川では、お花見もできるのよ」

「花見？」

「そろそろ季節よ」

「そういえばそうね」

「幸手《さって》の権現堂《ごんげんどう》ってところが桜と菜の花の名所なの」

「サッテ？　何それ。利根川と関係あるの？」

「あなた何にも知らないのね」

静香は小さな溜息《ためいき》を漏らした。

「埼玉の幸手市。利根川沿いよ。水塚がある加須市の近くだし」

「そうなんだ」

「利根川を挟んで西側が埼玉。東側が茨城。埼玉側には幸手市があって、その北側には五霞町《ごかまち》かしらね」

「ゴカマチ……」

「五霞町にも水塚がいくつか現存してるわ」

「幸手にもあるかしら?」

「もちろん幸手周辺にも水塚はたくさんあるわ」

「だったら利根川沿いのお花見と洒落《しゃれ》込みましょうか。東子はどう?」

静香の知りあいだった桜川東子とも、ひとみはすっかりうち解けて下の名前で呼ぶようになっている。

「異存ございません」

「決まりね」

静香が断を下した。

「利根川だと今までいちばん近いわね」

「たまには車で行きましょうか」

「車か……。いいけど、誰の車で?」

「あたしは持ってないけど……」

チラリと東子を見る。

「わたくしの車でよければお出ししましょうか？」

「あら、東子、車持ってるの？」

「はい。家族は一人に一台、所有しています」

「すごい」

ひとみが驚く。

「だったら、お言葉に甘えようかしら」

「東子が運転するの？」

「自動車運転免許証は持っております」

「じゃあ、運転もお任せするわ」

「日帰りにする？」

「それだと忙《せわ》しないから一泊しましょうよ。三人でお酒も飲みたいし」

「わかった」

「よし！　次の目的地も移動手段も決まったことを祝して乾杯！」

静香が高々とグラスを掲げた。

＊

平田智子《ひらたともこ》は墓の前に立つと目を瞑《つぶ》り手を合わせた。

墓石には〝平田家〟と彫られている。

（兄さん……）

智子は心の中で呼びかける。

平田智子は二十九歳になる。二年前に亡くなった平田幹夫《みきお》の妹だ。肩先まで伸ばした黒髪には光沢が浮かんでいる。長身ではないが強い目力のせいか背が高いという印象を会う者に与える。

（仇《かたき》は絶対に取るわ）

智子は目を開いた。その目は、いつにも増して強い光を発していた。

＊

駅に一人の女性が降り立った。

（久しぶりだわ）

女性は目深《まぶか》に帽子を被《かぶ》っている。帽子から覗《のぞ》いた頬まである髪に強い風が吹きつける。

（待ってなさいよ）

女性は顔をあげた。卵形の輪郭に肌も卵のように滑らかな印象だ。その目はパッチリとして瞳には輝きが感じられる。

（また、この土地で何かが始まろうとしているのよ）

女性は改札を出ると迷わずに歩きだした。

＊

取手《とりで》刑務所の門から一人の男が出てきた。

三十歳ぐらいだろうか。背が高くヒョロリとした印象の男だ。目も大きくビックリしたような顔つきをしているが、どこか不敵な面構えでもある。

「鴨志田《かもしだ》さん」

新谷信太《しんたにのぶた》が声をかける。新谷信太は二十八歳。背は低いが、勤め先のホストクラブでの成績はさほど悪くはないようだ。

「ノブ、来てくれたのか」

新谷信太は軽く頭を下げた。

「悪いな」

「俺と鴨志田さんの仲じゃないすか」

鴨志田はニヤッと笑った。口が大きく、鴨志田が笑うと一瞬、口が裂けたように見えた。

「お勤め、ご苦労様です」

「ヤクザじゃないんだから」

そう言うと鴨志田は笑った。鴨志田は若い頃、地元の暴走族〈蛮族〉の総長を張っていた。だが二十代半ばで暴走族をやめ、その後はトラックの運転手として働いていた。ところが、二年前に〈蛮族〉が起こした乱闘事件に鴨志田は参加し凶器準備集合罪で逮捕されてしまったのだ。

「二年間ですよね?」

「ああ」

「長かったっすね。その間、いろいろありました」

「たとえば?」

「つい先日なんですが、ゆいなが帰ってきました」

「なに」

鴨志田が真顔になった。

「黛《まゆずみ》ゆいなか」

「ええ」

「東京に行ったって聞いたけどな……。何しに戻ってきたんだ？」

「判りませんが……」

鴨志田の顔が微《かす》かに歪《ゆが》んだ。

「お前も、狙ってる女がいただろう？」

鴨志田は話題を変えた。

「明美《あけみ》のことですか？」

「そう、明美だ」

「倉持《くらもち》っていう、いけ好かない野郎と結婚しました」

「そうか。残念だったな」

「まだ諦めちゃいませんよ」

「ほう」

「必ず思いを遂げます」

「その意気だ」

鴨志田は新谷の背中を叩《たた》いた。

「景気はどうだ？」

「ぜんぜんダメっす」

「情けねえな」

「鴨志田さんに頼りたいぐらいで」

「ムショから出たばかりの俺に金があるわけないだろう」

「ですよね……。働き口は？」

「当てなんかねえよ」

「貯金はあるんすか？」

「ねえ」

「そうすか……。これから、どうするんすか」

「それをお前と相談しようか。手っ取り早く稼げる方法が何かあるだろう」

「ですね」

二人は肩で風を切って歩きだした。

＊

四月三日。

東子がステアリングを握るアルファロメオは高速に入ると前を行く車をドンドンと追いぬいてゆく。

「ちょっとスピード出しすぎじゃない？」

静香が東子の運転を咎《とが》める。

「すみません。視界が開けている方が好きなものですから、前方に車が見えると、つい追いこしたくなるのです。わたくしの悪い癖です」

そう言うと東子は速度を緩めた。

「意外な癖ね」

ひとみがサイドドアの窪《くぼ》みに摑《つか》まりながら応える。

「それにしても東子の車、アルファロメオだったんだ」

「とても運転がしやすいです」

「スピードも出るし。でも制限速度は守ってよ」

「もちろんです」

「思ったよりも早く茨城に着きそうね。知ってる？　イバラギじゃなくてイバラキなのよ」

「誰でも知ってるわ」

ひとみの質問を静香が一言でいなした。

「先に宿に行きますか？」

東子が訊《き》くと「まず、お花見よ」と静香が答えた。

「いきなり？」

静香の言葉に、ひとみが顔を引きつらせ気味にして訊き返す。

「まだ、お風呂と夕飯とお酒には早いでしょ」

「いきなりお風呂と夕飯とお酒のこと考えてたんだ」

「悪い？」

「わたしたちはウォーキング部なのよ」

「判ってるわよ。だからこその、お花見よ。お花見では、けっこう歩くのよ。あたしたちは桜を見に来たんだし」

「水塚を見に来たんじゃなかったっけ」

「桜を見なくて何の水塚よ」

「意味わかんないんですけど」

「自然は時に人を癒し、時に人に災いをもたらす。どちらも知る必要があるわ。水害に備える水塚も、春を謳歌《おうか》する桜も、どっちも知る必要があるの」

「わかったわ。なんだか丸めこまれたみたいだけど、お花見に行きましょうか」

「そう来なくっちゃ」

なんだかんだと言って最終的には意見が合う静香とひとみである。

「ビールも飲めるかもしれないしね」

「昼間っから？」

「お花見といえばビールでしょう。仕事中じゃないんだし」

「それもそうね」

ひとみもビールは嫌いではなかった。

「でも東子に悪いわ」

「わたくしのことは気にしないでください」

「ありがとう」

素直な静香だった。

「じゃあ東子、権現堂にレッツ・ゴー！」

東子はステアリングを切った。

＊

倉持明美の会社の前で新谷信太が待っていた。

「新谷君……」

玄関を出たところで倉持明美は足を止めた。明美は童顔で小柄だから二十代前半に見られるが三十歳になる。

「いい加減、つきあってくれてもいいだろう」

新谷信太が明美を睨む。

「旦那は今日は遅いんだろ？」

「会社に電話をかけたの？」

明美の顔が引きつる。

「ストーカーで訴えるわよ」

「今晩だけでも、つきあってくれたらいいんだよ」

「つきあう理由はないわ」

「用はないんだろ？」

「あるわ」

明美はバッグからスマホを取りだした。

「どこにかけるんだ？」

「かかってきたのよ」

明美は咄嗟《とっさ》に嘘《うそ》をついた。電話に出る振りをして素早く登録してある番号を押す。

――もしもし。根本《ねもと》さん？

――そうです。

――今から会えない？


明美が電話をしている様子を見ると新谷は舌打ちをして去っていった。

＊

アルファロメオは久喜《くき》インターで東北自動車道を降り、権現堂公園を目指して走っている。

「この辺りじゃない？」

「まだ二キロあるわよ」

ひとみがナビを見ながら言う。

「あそこに〈権現堂公園〉って看板があるわよ。駐車場があるから、そこに停《と》めて」

「畏《かしこ》まりました」

東子がステアリングを切って駐車場に入る。

「なんだか公園っていうより運動場みたいよ。桜は見えるけど菜の花が見えないし」

ひとみの言う通り、車を降りて公園に足を踏みいれると広い運動場が開けている。

「ねえ、ここは第一権現堂公園みたいよ」

静香が地図を見ながら言う。

「ということは第二があるんじゃない？」

「かもね」

「車に戻りましょう」

「あたしたち〈アルキ女デス〉じゃなかった？」

「そうだったわね。歩きましょう」

三人は前方に見えている桜に向かって歩きだした。

「川沿いに桜並木が続いてるわよ」

「うわあ、綺麗《きれい》」

静香が声をあげた。

「川もいい感じね」

「ねえ。これ川じゃないわよ」

「え？」

「ほら」

ひとみが指さした案内板を見ると川ではなく利根川と中川《なかがわ》の間を結ぶ行幸湖《みゆきこ》という

人工湖のようだ。

「ホントだ」

「でも細長くて川のように流れています」

幅は十メートルほどだろうか。両端は目視できない距離まで続いているので川のように見える。

「風があるから漣《さざなみ》が立っているのよ。それに川との境目には水路が通じていて実際に流れてるんじゃない？」

「そうかもね」

しばらく歩くと行幸湖の中に噴水が見えた。

「噴水に虹が架かってるわ」

「運がいいわね」

「静香は何でも〝運がいい〟方に考えるのね」

「実際に運がいいもの。大通りを越えたら、いよいよ桜と菜の花よ」

足早になった静香に先導される形で大通りを渡ると、すぐに菜の花が見えた。

「見て、一面の菜の花」

「すごい」

菜の花の奥には満開の桜が並んでいる。その下には親子連れやカップルなど大勢の人たちが歩いている。

「ビール売ってるわよ」

「そこに目がいく？」

「いったんだから、しょうがないでしょ。買うわよ」

迷いのない静香だった。静香とひとみがビール、東子がミネラルウォーターを買うと歩きだす。

「来て良かったわ」

三人は階段を登って小高い小道に出る。

「ねえ。〝かわいいヤギがいます〟って看板があるわよ」

静香がビールを一口飲むと言った。

「行ってみましょうか」

「ホントにかわいいのかしら」

「そこ気にする？」

のんきな会話を続けながら三人は今度は階段を降りてヤギの広場まで歩く。

「いたいた。やっぱり、かわいいわね。看板に偽りなしよ」

柵で囲まれた庭に五、六頭のヤギが思い思いに歩いている。静香は柵の近くまで来たヤギの背中を撫《な》でた。

「桜並木まで引き返しましょうか」

三人がまた階段を登ると静香が足を止めた。

「どうしたの？」

「あの碑は何かしら？」

静香が指さした先に高さ二メートル半ほどの石碑が建っている。

「供養塔ですよ」

声がして三人は振り返った。若い男性が笑みを浮かべて立っていた。三人は咄嗟に言葉を返せない。男性が、かなりのイケメンだったせいかもしれない。特にひとみは吸いよせられるように男性の顔を凝視している。身長は百八十センチ近いのではないだろうか。細面の整った顔に短めの髪が爽やかな印象を与えている。

「供養塔？」

ようやく静香が訊きかえした。

「正しくは順禮《じゅんれい》供養塔と言います」

「誰かが亡くなったの？」

「そうなんです。察しがいいですね」

「そりゃ供養塔なんだから誰かを供養してるんでしょうよ」

「利根川で亡くなった母子を供養しています」

「どんな母子ですか？」

ひとみが、ずいと静香の前にしゃしゃり出て訊いた。

「利根川は昔から氾濫をよく起こして流域に被害を及ぼしてきたんです」

「知ってるわ」

今度は静香が応える。

「よくご存じですね」

「あたしたち、歴史学者なの」

「歴史学者？」

青年は目を丸くした。

「そうだったんですか。それなのに僕は得意げに供養塔の説明を。恥ずかしい」

「そんな事ないわ。聞かせてちょうだい」

「そうよ。現にわたしたち、供養塔のことを知らなかったんだから」

ひとみが頷《うなず》く。

「判りました。では恥ずかしながら供養塔の説明を続けます」

青年の口調はどこまでも爽やかだった。

「利根川は昔から氾濫を起こして地域住民を苦しめていたので、その水害から地域住
「利根川で……」

民を守るために水神に捧《ささ》げる人身御供が行われていたんです」

「人身御供……」

「ひとみ。あなたも利根川にその身を捧げてみたら？　名前もひとみだし」

「関係ないでしょ」

「ひとみさんと仰《おっしゃ》るんですか」

「ええ。そうなの。あなたは？」

ひとみはチラリと上目遣いに青年を見てさりげなく訊いた。

「根本と言います」

「根本さん……。いいお名前ね」

「あの、ぜんぜん普通の名前だと思うんですけど」

「静香は黙ってて」

ひとみが素早く小声で静香を制した。

「わたしは翁ひとみ。おじいさんの翁にひらがなでひとみよ」

青年……根本は頷く。

「人身御供の続きは？」

静香が話を促す。

「利根川の洪水で堤防が決壊しそうになったときに、偶然、通りかかった母子の順礼者が人柱として自ら利根川に入水して洪水と堤防決壊を防いだと言われています」

「酷《ひど》い話ね」

「感動的な話でしょうが」

「今の価値観では、何も自分と子供が犠牲になって死ぬことはないだろうという感じでしょ。それに、その話が本当にあったのか、ただの伝説の類なのか、確かめようもないし」

根本は頷く。

「専門家のかたに話を聞いていただいて感謝しています」

「感謝するのはこっちよ。ありがとう」

ケータイの着信音が鳴った。根本がポケットからケータイを取りだす。

——もしもし。根本さん？

——そうです。

——今から会えない？

一言、二言、相手と話すと通話を切り静香たちに顔を向けた。

「人と会う用ができたので、これで失礼します」

根本は三人に頭を下げると去っていった。

「カノジョと待ちあわせかしら」

静香の言葉にひとみは応えなかった。

＊

権現堂公園で花見を堪能《たんのう》し、順禮供養塔まで見物した〈アルキ女デス〉の三人は再び車上の人となった。

「ひとみ。イケメンだったわよね。供養塔の説明をしてくれた人」

「根本さんね。それに気さくで親切よ」

「惚《ほ》れたんじゃないでしょうね」

「まさか」

「どうだか。ひとみは惚れやすいから」

「大きなお世話」

「イケメンと別れたら、次は水塚よ」

「静香。あなた、よく疲れないわね」

「若いもの。あなたも同い年じゃなかったっけ？」

「わたしは体力よりも知性派なのよ」

「そうなんだ」

自分が揶揄《やゆ》されたことに気がついてないらしい。

「水塚というからには利根川沿いよね」

「もちろんよ。利根川沿いには水塚は、けっこうあるのよ。でも権現堂公園からは五霞町の水塚がいちばん近いんじゃないかしら。五霞町には道の駅があるから、そこにも寄ってみたいし」

「あれですね」

そう言いながら東子が減速する。

「〝道の駅ごか〟か」

駐車場に車を停めると三人は〝道の駅ごか〟の建物内に入った。

「お土産《みやげ》を買いましょうか」

「静香、あなたよく次から次へと、いろんなことを思いつくわね」

「ひとみがボーっとしすぎなのよ」

「これなどは、いかがでしょう？」

東子が和菓子の箱を手に持った。

「五霞寶《ごかぼう》か。いいわね」

直径二センチ、長さ五センチほどの円筒形の菓子で、黄粉《きなこ》と砂糖でできているようだ。

「ねえ、埼玉にも五家宝《ごかぼう》ってお菓子がなかったっけ？」

「あったわね」

全国を隈《くま》無《な》く旅している二人は物知りだ。

「案外、この五霞寶が発祥かもしれないわね。〝ごかぼう〟の〝ごか〟は地名だって考えたら説明がつきやすいし」

「そうね」

土産物のお菓子一つにも歴史家らしい見解を披露する二人だった。

「行きましょう」

五霞寶を買うと三人は道の駅を出て水塚目指して歩きだした。

「あれ、水塚じゃない？」

静香が指さした先を見ると生い茂った杉の木の隙間から小屋が見える。

「そうね。でも民家の中にあるみたい」

水塚は利根川の支流らしき川のすぐそばに建てられていた。

「眺めるだけね」

静香たちは水塚を後にした。

＊

〈アルキ女デス〉の三人は再びアルファロメオに乗っている。

「そろそろ利根川が見える頃よ」

「この辺りですね」

東子がそう言うとアルファロメオは減速し始めた。

「あれが利根川じゃない？」

車の前方に大きな川が見える。川の畔《ほとり》には水質調査だろうか、器具を持って川に入っている人の姿も見えている。

「雄大な川ね」

「さすが坂東太郎と言われただけあるわ」

利根川を越してから川沿いの道に進路を変更する。

しばらく走ると河原に空地を見つけたので、そこに車を停めた。三人はそれぞれバッグと先ほど調達したペットボトル飲料を手にして車を降りた。

「喉が渇くわよね」

そう言って静香はぐんぐんグルトを一口飲む。

「たしかに」

ひとみもC．C．レモンを飲んだ。東子がミネラルウォーターを口に含むと三人は河原の草むらを歩き始めた。

「やっぱりいいわねえ、川は」

「小川や普通の川もいいけど大河は格別ね」

利根川は大水上山《おおみなかみやま》を水源として関東地方を北から東へ流れて太平洋に注ぐ川である。流路延長三百二十二キロは信濃川《しなのがわ》に次ぐ日本第二位、流域面積は日本第一位であり首都圏の水源として日本の経済活動上も重要な役割を有している。

「大河の、ゆったりとした流れを見ていると心が落ちつくの」

静香が足を止めた。

「ちょっと、C．C．レモンを零《こぼ》しちゃったじゃない」

静香の背中にぶつかったひとみが文句を言う。

「人がいるのよ」

静香が首だけ後ろに回して小声で応える。

「人が？」

たしかに静香の前に若い女性が立っている。

（こんなところに……）

ひとみは訝《いぶか》しんだ。女性は二十代後半だろうか。ストレートの髪は肩先に届きそうなところまで伸ばしている。整った顔立ちをしているが、大きな目で睨むように三人を見ている。

「あの」

静香が勇敢にも女性に声をかけたとき女性は応えずに三人の脇を通って足早に去っていった。

「何だろ、今の人」

「やけに目力のある人だったわね」

「そうね」

「あたしたち、こんな草むらにやってきたから変な人だと思われて逃げたんじゃない？」

「そうかも」

静香が前に進もうとして急に足を止めた。

「ハンドバッグが落ちてるわよ」

「今の人が落としたのかしら」

「ちょっと待って。バッグの先に誰か倒れてるわよ」

「え？」

ひとみが静香の背中越しに前方を覗きこむ。その視線の先、茂みの陰に若い女性が仰向《あおむ》けに倒れているのが見える。静香は女性に歩みよって声をかけた。

「ちょっと」

だが女性は応えない。その顔は青白い。

「死んでるんじゃない？」

ひとみが言う。静香が女性の肩を揺するが、やはり女性は応えない。

「死んでるわ」

東子がバッグから携帯電話を取りだした。

2

死体発見の連絡を受けて利根川署の刑事が出向き状況を検分した。また鑑識も死因を特定した。

「死亡推定時刻は？」

刑事室で刑事課長が尋ねる。

「今日の未明です」

検分に出向いた飯田敬三刑事が答える。

「死因は？」

「溺死です。被害者の肺から利根川の水の成分が検出されています。それと白いペンキの成分も検出されたようです」

「ペンキ？」

「おそらく利根川に流れていたものと思われます。川の上流で橋の工事やら看板の工事やらがありましたから、そのときに零《こぼ》れて下流に流れたんじゃないでしょうか」

「確認しておけ」

「はい」

「いずれにしろ、溺死ということは事故か自殺の線が強いのか？」

「自殺と思われます」

「具体的な根拠は？」

「遺体近くに被害者の物と思われるバッグが落ちていて、その中に携帯電話も入っていたのですが、その携帯電話のメモ欄に遺書が残されていました」

「遺書？」

「〝疲れました。死にます〟という書きこみです」

「なるほど。被害者の身元は？」

「バッグの中に免許証が入っていまして、それによると被害者の名前は黛ゆいな。二十八歳の女性です」

「職業は？」

「東京のコンビニでバイトをしています」

「地元の人間じゃないのか」

「元々は、こちらの人間なので実家に戻ってきたのかもしれません」

「身内とは連絡がついたのか？」

「両親と連絡が取れましたが、実家に帰るという連絡は受けてなかったそうです」

「連絡をしないで、いきなり帰ってくるという事があるかな？」

「妙な気もしますね」

「自殺ということに関して両親は何と言ってる？」

「自殺は考えられないと。自殺するような弱い性格ではないと言っています」

刑事課長は首を捻《ひね》った。

「遺体の発見者は？」

「東京からきた旅行者です」

「そのときの様子は？」

「旅行者は三人連れの若い女性です。そのうちの二人は早乙女静香、翁ひとみという
高名な歴史学者のようです」

「歴史学者？」

「はい。なんでも利根川周辺の水塚を調べるためにフィールドワークのような目的でこの地を訪れたようですが」

「その三人が利根川沿いを歩いているときに遺体を発見したんだな？」

「はい。ただ、そのときに遺体の近辺に人がいたとのことです」

「人がいただと？」

「若い女性です」

「その女性の身元は？」

「不明です。遺体を発見した三人は旅行者で、こっちに知りあいはいませんし、遺体のそばにいた女性とは言葉を交わしていないそうです」

「そうか。しかし遺体のそばに人がいたとは重要な証言だな」

「ええ。その女性も遺体を見ていたでしょうから、なぜその女性が通報しなかったのか」

「その女性が遺体と、なんらかの関係があったことも考えられるな」

「その通りですね。もちろん、遺体を見ただけで面倒に巻きこまれるのが厭《いや》で通報しなかったということも充分、考えられますが」

刑事課長は頷く。

「自殺と断定していいものでしょうか？」

「いや。遺書はあるにしろ、両親の証言を鑑みれば遺書が偽装ということも考えられる。被害者が何か自殺するような悩みを抱えていたのかどうか。身辺捜査が必要だ。それと遺体のそばにいた女性の情報を探れ」

「わかりました」

飯田刑事は部屋を出ていった。

＊

茨城県利根川沿いの宿泊施設併設型スパ〈薔薇《ばら》の湯〉に予約を入れると〈アルキ女デス〉の三人は近くの居酒屋で茨城の銘酒〈渡舟《わたりぶね》〉を飲み始めた。通路に面した畳の席である。隣の席との間には屛風《びょうぶ》風の間仕切りが置かれている。

「おいしいわね、このお酒」

静香が言った。

「平成七年に復活したお酒だと聞いたことがあります」

「復活？」

「戦後の食糧難のあおりを受けて長らく栽培が途絶えて絶滅種となっていた酒米の渡

船を再生させて作ったとか」

「東子、あんた詳しいのね」

「日本酒専門のバーによく行きますので」

「あのバーか」

「もっとも、そのバーは最近ではワインやビールも出しますけれど」

「いずれにしろ幻の酒なのね」

ひとみが猪口《ちょこ》を目の高さに持ちあげてしげしげと見つめた。

「フルーティで芳醇《ほうじゅん》。それでいて、どこか素朴さも感じるわ」

静香が徳利《とっくり》から猪口に注《つ》ぎたす。

「遺体のことだけど」

ひとみが本題とも言える話題に入った。

「身元が判ったそうね」

「黛ゆいなっていう人よ」

「事故かしら、自殺かしら」

「他殺よ」

静香が断言した。

「どうして他殺なのよ」

「事故や自殺だったら川の中に沈んでるか、流れてるでしょ。だから命を失う。でも遺体は川辺にあったのよ」

「あ、そうか。川辺じゃ、あんまり溺れないし死なないわよね。少なくとも事故や自殺じゃ」

「そーゆーこと」

「あの」

屏風の上から若い女性が顔を出して静香たちに声をかけた。

「なに？」

静香がギョッとしながらも応える。

「いま黛ゆいなって言いませんでした？」

「言ったけど……。もしかして知りあい？」

「はい」

〈アルキ女デス〉の三人は顔を見合わせる。

「じゃあ、もう黛さんのことを聞いてるの？」

顔を出した女性に静香が視線を戻して訊く。

「ゆいな……黛さんがどうかしたんでしょうか？」

「死んだのよ」

「え！」

それきり女性は絶句した。

「知らなかったのね」

「嘘でしょ」

「残念ながら本当の話よ。あたしたちが遺体を発見したんだから」

「そんな……」

「同姓同名って事もあるから、もうちょっと詳しくお話ししましょうか。こっちの席に移ってこない？」

女性は後ろを振りむいた。連れがいるようだ。女性は連れと一言二言話をすると「お邪魔させていただきます」と答えた。

＊

ホストクラブ〈ヒガンバナ〉の開店前、店長の山平浩彦《やまひらひろひこ》とホストの新谷信太が雑談をしていた。

「聞きましたか店長？　黛ゆいなのこと」

利根川の畔で死体となって発見された。

「聞いたけど、俺はその黛ゆいなって女を知らないんだよ」

山平浩彦は三十八歳。背が高く、四角い輪郭の顔に端正な目鼻立ちが収まっている。

「うちの客ですよ。二年ぐらい前、しょっちゅう来てた。仲のいい女と二人で来てましたね」

山平は店に顔を出すことがあまりなく、客の個人名などは詳しくなかった。

「平田の女ですよ」

「平田の？」

平田幹夫は以前〈ヒガンバナ〉で働いていたホストである。彫りの深い顔が女性たちに人気があったが、どこか暗い影も感じさせて、とうとうナンバー1にはなれなかった。

「店で知りあって、個人的にも……」

「そうだったのか」

山平は眉を顰《ひそ》めた。

「平田も運のない男だったよな」

「巻きこまれて死んだんですからね」

「その前は責任を取る形で店を辞めたし」

平田幹夫が乱闘事件に巻きこまれる数ヶ月前に〈ヒガンバナ〉の金庫から現金一千

万円が盗まれる事件が起きた。閉店後、店の窓の鍵を壊して賊が侵入し、ダイアル式金庫のロックを解除して現金を持ち去ったのだ。

警察には届けていない。店が脱税のために保管していた現金だからだ。山平店長は独自に犯人探しをした。店の主立った者に事情を話し、聞き取り調査をしたが、犯人は判らずじまいだった。

店に誰もいない時間帯での犯行であり、店長は自分以外の誰の責任をも問わなかったが、店の人気ホストであった平田幹夫は自ら責任を取り店を辞めてしまったのだ。

「しかも平田が死んだ後、その女だった黛ゆいなまで殺されるとは……」

「どういう事でしょうね」

山平には見当もつかなかった。二年前、利根川の畔で暴走族同士の乱闘があり、平田幹夫が死体となって発見された。こちらの犯人は判っていない。

「平田とその女に恨みを持ってる野郎がいるんじゃないか？」

「そうかもしれないっすね。あるいは……」

「あるいは？」

「いや、何でもないっす」

ホストの一人が出勤してきて、二人は会話を止《や》めた。

＊

〈アルキ女デス〉の三人と同席した女性、そして女性の夫はしんみりと、だがうち解けて話をしていた。

女性の名は倉持明美。三十歳という年齢を聞いて静香は驚いた。

「若く見えるわね」

「よく言われるわ。子供っぽいのよ」

「ご主人とは同い年ぐらい？」

静香が夫に顔を向ける。小柄な明美と反対に夫の倉持尚之《なおゆき》は、がたいがよく大柄だった。顔つきもゴツゴツとして無骨な印象を受ける。

「同い年です」

尚之は父親が一代で築いた地元の優良企業である〈ＫＵＲＡＭＯＣＨＩ〉という建設会社の専務職にある。明美とは会社で知りあった。派遣社員だった明美を見初めた形である。

「黛さんとは、どういう知りあい？」

「派遣会社で知りあったんです」

「あ、職場の同僚だったんだ」

「はい。その後、何度か飲みに行くようになって、ホストクラブにもつきあいました」

「ホストクラブ？」

「黛さん、けっこう嵌《はま》ってました」

「そうだったんだ」

「でも黛さんが殺されるなんて」

「実は警察は事故か自殺の線を崩してないのよ」

「え、自殺？」

「状況から見たら他殺だと思うわ」

静香はその根拠を説明した。

「たしかにそうね。ゆいなは殺されたのね」

「明美さんは黛さんとは親しかったんでしょう？」

「会社にいた頃は、よく話したわ。でもゆいなが東京に行ってからは連絡を取ってなくて」

「そう」

「でも、どうして、そんなにゆいなのことを知りたいんですか？　あなたたち東京の人なんでしょう？」

「乗りかかった船よ」

「それに」

ひとみが割りこむ。

「わたしたち、何件も殺人事件を解決したことがあるの」

倉持夫妻は二人とも目を丸くした。

「どういうこと？」

ひとみは今までの経緯を説明した。

「そうだったの。だったら、ゆいなの事件もぜひ解決して。犯人が見つからないままじゃ、わたしも悔しいわ」

「わかったわ」

「静香、安請けあいはやめなさいよ」

「でも、もしかしたら、これがあたしの宿命なのかもしれないわ」

「宿命って、事件を解決することが？」

「そうよ。歴史の謎を解明するのが天職だけど、現代に起こった事件の謎もたくさん解決してきた。あたしって、そういう星の下に生まれたのよ、きっと」

「否定しきれない部分もあるわね」

ひとみも認めた。

「でも情報が何もないのよ」

「ねえ」

ひとみの言葉を受けて静香は倉持明美に顔を向けた。

「明美さんは何か心当たりはないの？　黛ゆいなさんが殺されたことについて」

倉持夫妻は顔を見合わせる。

「ないわ」

「ご主人は？」

「俺はよく黛さんのことを知らないんだよ。あんまり会ったことがなくて」

「そう。じゃあ明美さんに訊くけど、あたしたちが遺体のそばで会った女性にも心当たりはない？」

「ないわねえ」

「目のきつい女性だったわ」

「こんな感じ」

ひとみが静香の目の辺りを指さした。

「それだけじゃ判らないわ」

「だよね」

「でも……」

明美が何かを思いだしたように目を泳がせた。

「その女性とは関係ないんだけど」

「何でも言って」

「ゆいなにお金を無心してる男がいたの。名前は、たしか鴨志田清だったわ」

「鴨志田……。どういう人？」

「刑務所に入ってたわ」

静香とひとみはギョッとして顔を見合わせる。

「もう出てきてるらしいけど」

「金をせびるぐらいだから恐喝でもしたの？」

「鴨志田は暴走族の総長だった男よ。その暴走族が利根川の河原で対抗グループと乱闘事件を起こしたの」

「それで逮捕？」

明美は頷く。

「黛ゆいなさんとは、どういう知りあいかしら？」

「ゆいなさんも、その暴走族に入ってたのよ」

静香にとっては意外な話だった。

「じゃあ黛ゆいなさんは、暴走族には入ってたけど、そこを辞めて明美さんの勤める会社に登録したの？」

「ええ。彼女、真面目《まじめ》に働いてたわ」

「それなのに鴨志田が昔の誼《よしみ》でつきまとっていたのね……。金をせびられてるって黛ゆいなさんが言ったの？」

「鴨志田が飲み屋に来たのよ。わたしとゆいなが一緒に飲んでいるとき」

「その時に無心を？」

「そうよ」

「その時の様子をできるだけ詳しく教えてくれない？」

「こんな事が事件解決の役に立つの？」

「それは判らない。でも刑事っていうのはね、どんな些細《ささい》な情報も疎《おろそ》かにしないのよ」

「あなた刑事じゃないでしょ」

明美の顔が初めて綻《ほころ》んだ。

「ホントにおもしろいわね、あなたたち」

「おもしろいのはこっちだけ」

静香とひとみがお互いを指さした。

「ゆいなは鴨志田のことを嫌がってたわ」

明美が話を戻した。

「せびりに来たって、貸した金を返してもらおうとしたのかしら？　それとも、ただお金を貸してくれってこと？」

「たしか〝貸してくれ〟って言ってたような気がするわ」

「金額はいくらぐらい？」

「一万円ぐらいだったはず」

「黛さんは渡したの？」

「渡したわ」

「黛さんは簡単に人にお金をお渡しになるような、おかたなんでしょうか？」

東子が口を挟んだ。

「そんな事はないわ」

明美はすぐに答えた。

「強い人だから、誰かに何か言われたからって言いなりになるような人じゃないのよ。ねえ？」

夫に同意を求める。

「そうだな。美人だったけど、強い意志のようなものも感じたよ。そういうオーラを発してたっていうか」

「それなのに鴨志田に言われるままにお金を渡した」

「鴨志田が犯人ね」

ひとみが酒を噴きだした。

「やめなさいよ。お客さんの前で」

「静香が変なことを言うから。それに〝お客さん〟って誰よ」

「倉持夫妻に決まってるじゃない。こっちの席にゲストとして迎えているでしょ。あ、だけど飲み代は割り勘よ」

「もちろん」

夫の方が応えた。

「それはいいとして、お金を渡したから、その相手が犯人って短絡的すぎ」

「二人の間には、お金を巡るゴタゴタがあったって事でしょ。たとえ鴨志田の一方的な迷惑行為だとしても。これは殺人の動機では、よくある事よ。それに黛ゆいなさんをつけ狙うような動きもストーカーを思わせる。ストーカーが相手を殺す事件もよくあるわよね。それらのことを考えあわせると……。これも刑事の勘かしら」

「あなた刑事じゃないって」

五人の飲み会はまだまだ続いたが黛ゆいなに関する有益な情報は、その後、出てこなかった。

＊

翌四月四日。

〈アルキ女デス〉の三人は利根川沿いを歩いていた。

「路肩に停《と》めてあった赤い車、かわいかったわね」

静香が後ろを振り向いて言う。

「フォルクスワーゲンのビートルよ」

「今度、買おうかしら」

「あなたの安月給じゃ無理よ。値切って二百五十万ぐらいするわよ」

「じゃあ無理ね」

静香は、あっさりと引きさがった。

「ニュースで観《み》たけど、亡くなった女性は遺書を残していたのよ」

「遺書ったってケータイでしょ？　いくらでも細工できるわ」

「あくまでも他殺に拘《こだわ》るのね」

「当然」

「この辺りが遺体があった場所ではないでしょうか」

東子が足を止めて言う。

「そうね。現場百遍よ」

「すっかり刑事気取りね。転職したら？」

「ねえ、あそこにあるの、水塚じゃないかしら」

静香が、ひとみの問いを無視して言った。静香の指さした先に小さな小屋が見える。

「この間は遺体を見た衝撃で水塚があることに気がつかなかったのかな」

「静香の本来の目的は水塚を見ることだったものね」

「そうなのよ。殺人事件の捜査をする前は」

「殺人事件の捜査なんて勝手にやっていいもんじゃないでしょ」

「でもあたし、実績があるから」

静香の足は自然と小屋に向かっている。

「水塚を見ましょう」

「静香お姉様。あの小屋は川辺に建っていますから、水塚ではなくて納屋か川の管理をする人が使う小屋ではないでしょうか」

「なるほど。水塚だったら、もうちょっと高い場所に建てるわよね」

「あなたって東子の言うことは素直に聞くのね」

静香は足を止めた。

「あ！」

あまりものに動じない静香が珍しく大きな声をあげる。小屋の陰から人が現れたのだ。

「あなたは……」

若い女性だった。

「昨日、ここですれ違った人よね？」

女性は返事をしないで強い視線で静香を見つめている。

「どうしたの？」

ひとみがやってきた。やはり女性を見てギョッとしている。

「どうして小屋に？」

「あなたたちこそ」

ようやく女性が口を開いた。

「あたしたちは歴史学者よ」

「歴史学者？」

「そう。それで利根川近辺の史跡に興味があって」

ホッとした様に女性の目の光が弱まった。

「それと、殺人事件にも興味があるわ」

「なんですって」

女性の目がまたきつくなった。

「あたしたちは、いくつもの殺人事件を解決してきた実績があるのよ」

静香の言葉をどう捉えていいのか判断しかねている様に女性の目が泳いだ。

「あの日……。あたしたちが黛ゆいなさんの遺体を発見した日、あなたは、あたしたちと入れ違う様に遺体の方からやってきて去っていった。あなたも遺体を見たんでしょ?」

女性は答えない。

「答えたくないのは見たって事よね。見てないんなら見てないって言えばいいんだから。でも嘘はつきたくないから無言になった……。あなたは、もしかしたら正直な人なのかも」

女性の険しい目が不安そうな光を帯びた。

「答えたくないなら別の訊き方をするけど、あなた、黛ゆいなさんの知りあいなんじゃないの?」

「殺人事件の捜査に慣れてるなんて豪語しただけあって取り調べも堂に入ってるわね」

ひとみが東子に小声で言った。

「やっぱりそうなのね」

女性が答えない、否定しないことで静香の問いを肯定したものと静香は見なした。

「わたしを疑ってるの？」

女性が静香の目を睨んだまま問う。

「あたしは、ただ真実が知りたいだけなのよ。それが学者の性《さが》かしら？」

「判らないことがあったら知りたい。その欲求は研究対象に対しても殺人事件に対しても同じなのかもしれないわね」

ひとみが言った。

「わかったわ」

女性の声が険のあるものから穏やかなものに変わった。

「あなた達の調査に協力するわ」

かえって虚を衝《つ》かれたのか静香は一瞬、答えに詰まったが、すぐに「ありがとう」と応えた。

「だったら、どこか落ちつけるお店を知らない？　あなた地元の人でしょ」

「それより、わたしの家に来ない？」

「あなたの家に？」

女性は静香の目を見つめながら小さく頷いた。

＊

鴨志田清が定食屋で親子丼を食べていると男が二人、訪ねてきた。

「鴨志田清だな？」

「そうだけど……」

口に運びかけた箸を止めて鴨志田は怪訝《けげん》そうな顔で男たちを見た。

「誰だ？　あんたたち」

「利根川署の者だ」

提示された警察バッジを見ると海老原勇也とある。もう一人の警察バッジには飯田敬三とある。

「俺はムショから出てきたばかりだよ。警察の厄介になるようなことをする時間はないぜ」

「知ってる」

「知ってる？　だったら何の用だよ。俺は自由の身なんだよ」

「訊きたい事がある」

鴨志田は刑事二人を無視して親子丼を掻《か》きこむ。

「黛ゆいなが殺された」

鴨志田は噎《む》せた。

「お前は黛ゆいなに金をせびっていたそうだな」

「ちょっと待てよ」

鴨志田は胸を叩いて水を飲んだ。

「いま何て言った？」

「黛ゆいなが死んだんだよ」

「嘘だろ？」

「嘘じゃない」

海老原の答えを聞いて鴨志田は「マジかよ」と呟《つぶや》いた。

「それで黛ゆいなにつきまとっていたお前に話を聞きに来たんだよ」

「つきまとってなんかねえよ」

「裏は取れてるんだよ。お前が黛ゆいなに金をせびっていたとな」

「新谷の野郎がチクったのか」

「誰でもいいだろう」

「あの野郎。ただじゃおかねえ」

鴨志田は出所した日にした新谷との話を思いだしていた。鴨志田は新谷に〝手っ取り早く稼げる方法が何かあるだろう〟という話をした。それは黛ゆいなに金をせびることを想定した言葉だった。以前、同じように黛ゆいなから金を毟《むし》るようにして取りあげていたからだ。鴨志田と黛ゆいなは連《つる》んで美人局《つつもたせ》を働いていたことがある腐れ縁の仲で、そのことを言い触らされたくないという弱みのある黛ゆいなは鴨志田に逆らいにくかったのだ。


「鴨志田。また事件を起こしたら今度は二年じゃ済まないぞ」

「いずれにしろ俺には関係ねえ話だ。ゆいなが死んだのだって、いま聞いたんだよ」

「だったら心当たりはないか？　黛ゆいなの死に関して」

「殺されたのか？」

「いや。自殺の線で調べている」

「自殺？　そんなタマじゃねーよ。殺されたのなら話は判る」

「やっぱり心当たりがあるのか？」

「殺しそうな奴《やつ》なら一人いるぜ」

「誰だ？」

「平田智子。平田幹夫の妹だ」

「どういう事だ？」

「急《せ》かすなよ。飯を食ってからだ」

鴨志田は再び親子丼を食べ始めた。

＊

平田智子が赤いフォルクスワーゲンを運転している。

「この車、あなたのだったのね」

「そうよ。気に入ってるの」

「かわいい車ね」

「手術前に買ったの」

「手術？」

「わたし、三年前に病気になって……手術をしたの」

「そうだったんだ。大変だったわね」

「珍しい病気で治療費、手術代、入院費を合わせて五百万円ほどかかったのよ」

「そんなに？」

静香は目を丸くした。

「兄が出してくれたの」

「優しいお兄さんね」

「経過は良好よ。これから先、まだまだ大変だろうけど」

「偉いわ。そんな大変な経験をしているのに健気《けなげ》にがんばってるなんて」

「健気かどうか判らないけど」

険しい顔をしていた智子の表情がふと緩んだ。

「だから今も、お金がかかるの。この車を買ったのは、そんな目に遭うとは夢にも思ってなかった頃なのよ」

「人生、何が起こるか判らないわね」

智子は答えずに車を減速させた。

「ここが駐車場。わたしのアパートは駐車場から五分ぐらい歩くわ」

「車を持ってるなんていいわね」

「田舎《いなか》じゃ車がないと不便だから、車を持ってる人が多いの」

智子が月極《つきぎめ》駐車場に車を停めると四人は智子のアパートまで歩いた。二階建てのこぢんまりとした少し古びたアパートだった。智子は部屋に入って茶を淹《い》れると、あらためて静香たちに自己紹介をした。静香たちもそれぞれ自己紹介をする。

「平田さん。まず、あなたは黛ゆいなさんの遺体を見たのか見なかったのか。そこから教えてちょうだい。話す気になったんでしょうから」

「見たわ」

平田智子は、あっさりと答えた。

「やっぱり……。警察には言ったの？」

「言ってないわ」

「どうしてよ。死体を見つけたら通報するのが市民の務めでしょ」

「怖かったのよ」

智子の顔が曇った。

「判らないでもないけど、死体を見てそのまま放っておくなんてよくない事よ」

「疑われると思ったの」

「あ、なるほど」

ひとみが割って入った。

「遺体のそばから逃げだしてるところを見られたら、自分が殺したんじゃないかって」

「そういう怖さか。でも、いちばん怖いのは嘘をつくこと。真実を隠すことよ」

「あら静香。たまにはいいことを言うのね」

「〝たまには〟は余計」

「でも、こうしてお話ししていただけるということは、平田さんは犯人ではないのですね？」

　東子が口を開く。

「違うわ」

　智子はきっぱりと答えた。

「信じるわ」

　静香の言葉に智子は目を見開いた。

「信じないと話を進められないでしょ」

「ありがとう。逃げたりして悪かったわ」

「あたしに謝らなくてもいいけど」

　静香は茶で喉を湿らす。

「次に訊きたいのは、あなたは殺された黛ゆいなさんを知っていたのかってこと」

「知ってたわ」

「そうなんだ。だから余計に疑われると思ったのね」

　智子は頷く。

「どういう知りあい？」

「黛ゆいなは兄のカノジョだったのよ」

「あなたのお兄さんの？」

「ええ。わたしの手術代を出してくれた兄よ」

智子がしんみりとした口調で答える。

「兄はホストをやっていたの」

「ホストって……。ホストクラブ？」

「そうよ。黛ゆいなは、そこに客としてやってきて個人的にも兄と親しくなったのよ」

智子は吐きすてるように言った。

「黛ゆいなは兄と別れた後も根本利也って男とも、つきあったわ」

「え！」

ひとみが大きな声をあげた。権現堂公園で偶然、知りあったイケメンと同じ名前だ。

「それ、ホント？」

「本当よ。あなた、根本利也を知ってるの？」

「知ってるかも」

智子は疑わしそうな目でひとみを見た。

「残念だったわね。ひとみ」

「もう終わった話なのよね？」

「とっくに終わってるわ」

ひとみはホッとしたように息を吐いた。

「黛ゆいなは、その後〈蛮族〉総長だった鴨志田清とつきあい始めたし」

「恋多き女なのね」

「そんな上等なもんじゃないって。単なる尻軽女」

「智子さん。黛ゆいなを好きじゃないみたいね」

「憎んでるわ」

智子はハッキリと言った。

「あの日、あの女が兄を呼びださなければ……」

「あの日って？」

「兄が亡くなった日……。二年前のことよ。あなたたちに会った昨日が、ちょうど命日だった。亡くなった場所も、あの河原なの」

「そうだったの」

「お兄様は、どのようにして亡くなったのでしょうか？」

東子が訊いた。普段は寡黙な東子だが殺人事件の話になると俄然《がぜん》、興味を示すことにひとみは気づいていた。

「暴走族の乱闘に巻きこまれて殺されたのよ」

智子の目に憎しみの光が宿ったことをひとみは見逃さなかった。

「巻きこまれて？」

「あの女に呼びだされたのよ。黛ゆいなに」

ひとみはチラリと静香を見た。静香もひとみに視線を送っていた。

「その日、お兄さんは黛ゆいなに呼びだされて利根川の河原に行ったって言うの？」

「そうよ」

「どうして呼びだされたの？」

「加勢を要請されたのよ」

「〈蛮族〉の加勢ね？」

智子は頷く。

「黛ゆいなとつきあっていた関係で〈蛮族〉とは仲が良かったのよ」

「メンバーだったの？」

「メンバーじゃないわ」

智子は強く否定した。

「連んではいたけど、一緒に走ったりはしなかったから。だから余計に加勢に呼ばれたことに怒りが湧くの」

「なるほどね。それで乱闘に巻きこまれて亡くなったんですものね」

「あの女が呼びだしさえしなかったら兄は死なずに済んだのよ」

智子は唇を強く噛《か》んだ。

「お兄さんを殺した犯人は判ってるの？」

智子は首を横に振った。

「乱闘の中の出来事だもの。誰がやったかなんて判らないわよ。いろんな人が乱闘に加わって、兄はその犠牲になったの。終わってみれば一人が死んでいた。それが兄だったってこと」

「乱闘をしていた連中も、相手が誰かなんて判らずに殴ったりしてたのかもね」

「そうでしょうね」

「いずれにしろ、相手グループの中に犯人はいるのよね」

ひとみが言った。

「ねえ」

何かを思いついたように静香が呼びかける。

「あなたの知ってる〈蛮族〉のメンバーって誰がいるの？」

「昔リーダーだった鴨志田、それに新谷も知ってるわ」

「その人は？」

「新谷は兄と親しかったのよ。それで一緒にホストクラブで働いてた」

「そうなんだ」

「後は黛ゆいな。それぐらいね。知ってるのは」

静香は頷いた。

「お兄さんのことは残念だったわね」

「今さら嘆いても遅いわ。でも黛ゆいなのことは許さない」

「智子さん。もう黛さんは亡くなっているのよ。それ以上、どう許さないって言うの？」

「もしかして……」

ひとみの声が震える。

「もしかして何？」

智子がキッとひとみを睨んだ。

「いや、何でもない」

「あなたが殺したんじゃないかって疑問が兆したのよね？」

静香が冷たく言った。

「ち、違うって」

「わたしは殺《や》ってない」

「信じるわ」

「静香……」

「本人目の前にして〝疑ってる〟なんて言える？」

静香がひとみに耳打ちする。

「この手紙は何でしょうか？」

東子が手のひらを上にして机の上を指している。差出人の名前が〝坂東太郎〟と読める。智子の顔が蒼《あお》くなっている。

「誰なの？　坂東太郎って」

「判らないのよ」

智子が答える。

「偽名でしょうけど……。何か曰《いわ》くがありそうな手紙ね」

智子は否定しない。

「よかったら見せてくれない？」

「静香。人の手紙をあれこれ詮索するのは良くないわよ」

「事件解決のためなら仕方ないわ」

「あなたは刑事じゃないって何度言ったら……」

「見ていいわよ」

智子が手紙を静香に渡した。静香は封筒を受けとると中から手紙を一枚、取りだす。

手紙には一行だけ文言が記されていた。

　――犯人は別にいる

　静香は智子を見た。

「何これ？」

　智子は首を横に振る。

「犯人って？」

「判らないのよ」

「もしかして黛ゆいなさんを殺した犯人かしら？」

「それだったら〝別にいる〟って表現がおかしくない？　これは、すでに犯人が指摘されてるけど別にいるって意味でしょ。だけど黛ゆいなさんを殺した犯人は判ってないのよ」

「そうよね」

「平田智子さんの知ってる人で殺された人って……」

　静香は智子を見る。

「もしかして、お兄さんかしら？」

　智子は答えない。

「でも静香。智子さんのお兄さんは事故とも言える死でしょ?」

「犯人は一人じゃないけど、乱闘に参加した者が全員、犯人だとも言えるんじゃない?」

「なるほど」

「黛ゆいなさんとお兄さんの他に、知りあいが殺された事件ってある?」

「ないわ」

「だったら」

静香の声が低くなる。

「お兄さんの死のことを言ってるのかもしれないわね」

「どういうこと?」

智子が静香に負けないほどの目の光を発する。

「あなたのお兄さんはドサクサに紛れて死んでしまったんじゃなくて、誰かが明確な意志を持って殺したってこと」

「そんな……」

智子の口元が歪んだ。

「静香。滅多なことは言わない方がいいわよ」

「あらゆる可能性を考えなきゃ。怪しい手紙であることは確かなんだし」

「そうね」

「この手紙、誰が送ってきたのかしら？」

四人は、しばし顔を見合わせる。

「消印は？」

「都内よ」

「東京に住んでる人かしら」

「茨城に住んでても埼玉に住んでても東京のポストに投函《とうかん》することはできるでしょう」

「そうよね。近いんだから日帰りできるし」

「誰が何のためにこんな手紙を投函したのか……」

「真実を知る人が訴えたかったとか」

「誰が真実を知ってるって言うのよ」

「あの乱闘の現場にいた人でしょうね」

「あるいは」

東子が口を挟んだ。

「お兄さんは別の場所で殺されて、後から乱闘のあった河原に運ばれたということは考えられないでしょうか？」

「偽装ってこと？」

東子は頷いた。

「明確な意図を持った殺人だと露見しないように、乱闘現場にご遺体を置くことによって乱闘に巻きこまれたように装ったということです」

智子は言葉を失った。

「智子さん。お兄さんを殺害する動機を持った人って思い当たる？」

智子は蒼白《そうはく》な顔で首を横に振る。

「いきなり言われても判らないわよね」

智子は答えない。考えがまとまらないようだ。

「その手紙のことは警察には言ったの？」

「言ってないわ。事件に関係があるとは思えなかったの」

「言った方がいいわ」

静香は手紙を智子に返した。

＊

利根川署に捜査本部が設置された。

「亡くなったのは黛ゆいな。当初はケータイに残されていた遺書から自殺の線が濃厚だったが、ここにきて他殺を匂わせる重要な証拠物が見つかった」

「それは？」

「平田智子という女性の元に届いた手紙だ」

「平田智子……。黛ゆいなの関係者ですか？」

署長は頷いた。

「平田智子の兄が黛ゆいなと、つきあっていた」

「なるほど」

「つけ加えると平田智子の兄、平田幹夫は、二年前、利根川岸の暴走族同士の乱闘に巻きこまれて死んでいる」

捜査員たちがお互いに顔を見合わせている。

「これが手紙の内容だ」

ホワイトボードに拡大コピーが張りだされる。

——犯人は別にいる

捜査員たちが一斉に拡大コピーを見る。

「どういう事でしょうか？」

希望が通り刑事になった海老原が訊く。

「黛ゆいなの事件のこととも思われるが……」

「遺書の存在はどうなります？」

「偽装ということが考えられる。断定はできないが状況を鑑みれば殺人であってもおかしくない」

「状況……。黛ゆいなが浅瀬で死んでいたことですか」

「そういうことだ。となると、この手紙を送った人物は黛ゆいなを殺した犯人を知っていることになる」

海老原刑事が唾を飲みこんだ。

「手紙を送った人物が誰かは、ひとまず置くとして、まず黛ゆいなの死を他殺と仮定して、被害者の関係者を挙げていこう」

「容疑者ということですか？」

「いや、あくまで関係者だ。まだ容疑をかける段階ではない。海老原」

「はい」

海老原は立ちあがり、ホワイトボードに関係者を列記する。

一、鴨志田清
一、新谷信太
一、根本利也
一、平田智子

海老原が説明を加える。

「とりあえずこの四人が挙げられます。鴨志田と新谷は黛ゆいなと一緒に〈蛮族〉という暴走族のメンバーでした」

「根本利也というのは？」

「〈蛮族〉とは関係ありませんが黛ゆいなとつきあっていた男です」

会議室の中が微かにざわめく。

「平田智子は前述の通りですが、鴨志田清が〝犯人は平田智子だ〟と推測しています」

「根拠は？」

「平田智子は、兄である平田幹夫の死は黛ゆいなのせいだと思いこんでゆいなを恨んでいたという事ですが……」

説明を終えると海老原が席に戻る。

「智子には動機ありですか。智子以外の三人に黛ゆいなを殺害する動機はありますか？」

「今のところ不明だ。だが鴨志田は黛に金をせびっていた過去がある」

「金銭トラブルも考えられますね」

「根本利也だったら男女関係の縺《もつ》れという線が考えられる。それら動機に繋《つな》がるような動向がなかったか調べるんだ」

捜査員たちは席を立った。

3

静香たちは権現堂公園の行幸湖の畔に根本を呼びだした。

「悪いわね。忙しいのに」

「いいえ。今日は休みですよ。でも驚きました。あなたたちと、もう一度、会えるなんて」

「わたしもよ」

ひとみが応える。

「平田智子さんに聞いたんだけど、あなた、黛ゆいなさんとつきあっていたの？」

「え」

根本は一瞬、言葉を詰まらせる。

「ごめんなさい。プライベートなことに踏みこんで」

「いえ」

根本はようやく言葉を継いだ。

「つきあっていたことは事実です」

「やっぱり、そうだったんだ。名前が同じだから〝もしかしたら〟って思ったんだけど」

「そうなんです。そのことが事件と関係あるかもしれないんですよね」

「そんな事はないわ」

ひとみが否定する。

「遠慮しないでください。亡くなった黛さんと以前は、つきあっていたんですからマークされるのは当然です」

「そんなつもりじゃ……」

「そもそも、あなたと黛さんはどうやって知りあったの？」

「中学の同級生なんです」

「あ、そうなんだ」

「その時には親しくなかったんですが、卒業後に街で偶然、出会って、お茶を飲んで話が弾んで」

「どんな話をしたの？」

「地元の友人の噂話《うわさばなし》ですね。誰それが東京に出たとか。この辺の若い連中は高校卒業と同時に東京に出る者が多いんです。そんな話で盛りあがって〝今度、飲みに行こう〟って話になって……。それからです。つきあうようになったのは」

「ひょっとして倉持明美さんとも知りあい？」

「知りあいです。黛さんと一緒に会ったことがあって」

「世間は狭いわね。あたしたちも倉持さんと知りあったのよ」

「そうだったんですか」

「黛さんとは、どれくらいの間、つきあってたの？」

静香が訊く。

「ほんの二、三ヶ月です」

「そんなに短かったんだ」

「ええ」

「どうして別れたの？」

「つきあったことが間違いだった。そういう事でしょうね。彼女は僕とは合わなかったんです」

「どんなところが？」

　根本は溜息を漏らした。

「彼女は美人ですからね。それで惹《ひ》かれた。でも恋多き女でもあったんです」

「らしいわね」

　根本は頷く。

「ハッキリ言えば浮気性よね。浮気の相手は知ってる？」

「知りません」

「あなたが知ってたかどうかは重要なことよ。警察でも訊かれるかもしれないわ」

「警察で？」

「あなたと黛ゆいなさんがつきあっていたことが判れば、そして、めぼしい容疑者が挙がってこなければ、やがてあなたのところにも聞きこみが及ぶかもしれないってこと」

「さすが静香、ベテランね」

　ひとみが東子に耳打ちした。

「だったら言いますけど、黛ゆいなさんの二股の相手は鴨志田という男です」

「鴨志田……。黛さんに、お金をせびっていた男よね」

「ご存じでしたか」

「小耳に挟んだのよ」

「鴨志田は暴走族の元リーダーで、ゆいなも、その族に入ってたんです」

「あなたとつきあってる頃から？」

「そうです。別れたのは、そのことも一因でしょうね」

「なるほどね。ゆいなさんは平田幹夫という人ともつきあってたらしいけど、知ってる？」

「それは知りませんでした」

「平田幹夫とは知りあい？」

「知らない人です」

静香は根本を見つめている。

「黛さんが殺されたこと、どう思ってる？」

「悲しいですよ。短い間とはいえ、つきあってたんですから」

「そうよね。でも、あたしが訊きたいのは、そういう事じゃないの。犯人に心当たりはあるかどうか。それを訊きたいのよ」

根本は顔を歪めた。

「特に心当たりはありません」

「黛さんを恨んでいた人は？」

「思い当たりません。なにしろ短いつきあいだったので、あまり彼女の交友関係を詳しく知る暇もなかったんです」

「あなたは恨んでないの？」

「静香。失礼よ」

「これは関係者には全員、訊いてることなのよ」

「初めてでしょ、訊いたの」

ひとみがボソッと呟く。

「根本さん。あなたは黛ゆいなさんとつきあっていた。そして別れた。そこに愛情の縺《もつ》れみたいなものは、なかったの？」

「愛情の縺れですか」

「カノジョに浮気されて別れたんだから」

「静香」

ひとみが静香を制する。

「恨みはありました」

「根本さん……」

「でも二年前……昔の話です。それに期間も短かった。今では、ほとんど忘れていますよ」

「そうよね」

ひとみが同意する。

「根本さんが黛さんと別れたのは二年も前だったのね。そのときの僅かなつきあいを二年間も恨み続けて殺害に至るなんて、根本さんは、そんな執念深い人には見えないわ」

「無罪証明ね」

「証明されたんだ」

「いろいろ不愉快なことを訊いて、ごめんなさいね」

「いいんです。殺人犯が野放しになっている状態は、どんなことをしても解消しなければなりませんから」

静香は頷いた。

「ねえ、ひとみ。次は〈ヒガンバナ〉で話を聞きましょうか。平田幹夫さんが勤めていたホストクラブよ」

「わかったわ」

ようやく静香は根本を解放した。

＊

飯田刑事と海老原刑事がホストクラブ〈ヒガンバナ〉を訪れた。

店内は薄暗く、茶髪に白いスーツのホストたちが女性客を相手にシャンパンやブランデーを飲んでいる。飯田刑事と海老原刑事は受付で来意を伝えると店の奥の控え室に案内された。

「どのようなご用件でしょう？」

山平店長が警戒した様子で尋ねる。

「黛ゆいなをご存じですか？」

「名前ぐらいは」

「以前、この店に勤めていた平田幹夫とつきあっていたそうですね」

「そのことは最近、聞いたばかりなんですよ」

「では平田幹夫についてお尋ねしますが、平田幹夫はどのような経緯でこちらの店に入ったんですか？」

「店の表の〝ホスト募集〟の張り紙を見て応募してきたんです」

「なるほど。その平田さんが二年前に不幸な死に方をして、平田さんのカノジョであった黛ゆいなが殺された。このことに関して何かお考えは？」

「かわいそうとか、そういう事もあるんだなとか、その程度ですね」

ドアが開いた。刑事二人が振りむくと女性三人の姿が見えた。

「あんたたち」

〈アルキ女デス〉の三人だった。三人はスタスタと山平店長と刑事二人がいる場所までやってきた。

「何しに来た」

飯田刑事が睨む。

「客としてきたのよ。悪い？」

刑事二人に追い返されそうな気配を感じた静香が咄嗟に機転を利かす。

「ごまかそうとしても無駄だ。捜査ごっこの一環として来たんだろう。素人《しろうと》は捜査に首を突っこんでは駄目だ。捕まる犯人も捕まらなくなってしまう」

飯田刑事の言葉に海老原刑事が頷く。

「さあ、俺たちと一緒に出るんだ」

「静香。理は刑事さんたちにあるわよ」

「仕方ないわね。従うわ」

「素直でよろしい」

飯田刑事が静香の腕を掴んで店の外へ連れだそうとする。

「その代わり」

静香は飯田刑事を睨んだ。

「聞きたい事があるから答えてちょうだい」

「捜査上のことは他言できん」

「差し障りのない範囲でいいから。あたしたちは平田智子さんのところに届いた手紙の存在を教えたんだから、それぐらいの見返りはいいでしょ」

「何を訊きたいんだ？」

「二年前のこと」

「乱闘事件のことか？」

「ええ」

「外へ出よう」

教える気になったようだ。

「その時、平田幹夫さんは確かにその場にいたの？」

外に出るとさっそく静香が訊く。

「ああ。それは間違いない。複数の証言がある」

「そう。黛ゆいなさんに呼びだされて乱闘に参加したというのもホント？」

「本当だ。複数の関係者が証言してる」

「判ったわ。ありがとう」

その他、二、三点を確認すると静香たちは刑事と別れた。

＊

〈アルキ女デス〉の三人はファミリーレストラン〈ばんどう太郎〉でポテトフライを摘《つま》みにビールを飲みながら事件のことを話していた。

「〈ヒガンバナ〉で窃盗事件があったのは初耳ね」

刑事から聞きだした情報だ。公にはなっていないが一千万円ほどの現金が金庫から盗まれたらしい。警察もその事実を摑んではいるが申告もなく証拠もないので立件はしていない。

「そのことも考え合わせて、やっぱり鍵は平田幹夫さんが亡くなっている事だと思うの」

ポテトフライを頰張りながら静香が言った。

「あれは偶然に起こった事故だったのよ」

「でも、その二年後に平田幹夫さんの交際相手だった黛ゆいなさんが殺されたのよ。

これが偶然だと思う?」

「たしかに引っかかるわよね。でも確率的には偶然だった可能性もあるのよ」

「可能性だけ言ったら明日、地球が滅亡する可能性だってあるわよ」

小学生か！　と思ったがひとみは黙っていた。

「それに可能性なら、二人には、なんらかの繋がりがあって亡くなった可能性の方が高いと思うわ」

「どんな繋がりよ」

「たとえば……」

静香はビールを飲んで考える。

「二人に恨みを持っていた人間が二人とも殺したとか」

「平田幹夫さんは事故に見せかけて?」

「ええ」

「二人に恨みを持っていた人間って誰よ」

「それを探るために、二年前の平田幹夫さんの死を一から考えてみましょう」

「いいけど……。死因は撲殺だったのよね?」

「ええ。暴走族同士の乱闘があった河原で遺体となって倒れているところを翌日、現場検証に訪れた刑事に発見された。誰が直接、平田さんを死に至らしめたのかは判らない。なんせ乱闘中の出来事だから」

「不自然な点はないように思えるけど？　殺されたこと以外には」

「平田幹夫さんって、お金が必要だったのよね」

静香がボソッと呟く。

「お金？」

「智子さんの手術代よ」

「あ、そうか。でも、それが何か？」

「平田幹夫さんがホストクラブに勤めていたのは、そのためじゃないかって思ったの」

ひとみは静香の言葉を吟味する。

「そうかもしれないし、そうじゃないかもしれないわね」

「意味のない返しはやめてくれる？」

「その頃に平田幹夫さんのお勤め先の〈ヒガンバナ〉というお店で窃盗事件があったそうですね。そのことが、その後の平田幹夫さんの死に関係があるということはないでしょうか？」

東子の言葉に一瞬、静香とひとみの視線が交錯する。

「ひとみ。何か考えが浮かんだのなら言いなさいよ」

「イヤな事は、わたしに言わせるつもり？」

「ええ」

正直な静香であった。

「お店のお金を盗んだのが平田幹夫さんだった可能性があるわよね」

「なんて酷いことを言うのよ」

「あんたが言えって言ったんでしょ！」

ひとみがキレた。

「まあまあ。落ちついて。ひとみの言うことにも一理あるわね」

「言わせたくせに」

「しつこいわよ。引きずらないで」

静香はビールを飲む。

「警察だって、その可能性は考えたはずよね。でも立件されてないから手を引くしかないのよね」

「平田さん、窃盗事件があってから、すぐにお店を辞めたのも匂うわね」

「酷いのはどっちよ」

「でも事実でしょ。その動機は切実なものよ。妹さんの手術代のためだもの」

「盗んだのは平田さんだって決めてかかってるわね」

「ホストのお仕事をしていても、お給料をたくさん、もらえなかったのでしょうか？」

「いい着眼点だわ。もらえるはずよね。お金を盗まなくても手術代を工面できた可能性はあるわ」

「病気は待ってくれないのよ」

ひとみが言う。

「人気ホストとしてバリバリ稼ごうと思っていた矢先に、智子さんの容態がとつぜん悪化して緊急手術をしなければいけなくなったとしたら？」

「そこまでして平田さんを窃盗犯にしたいわけ？」

「だから」

「でも可能性としてはあるわね。今日のひとみは、いつになく冴《さ》えてるわ」

「褒められてるのか愚弄されてるのか判らないわね」

「仮に窃盗犯が平田幹夫さんだとして」

東子が口を挟む。

「そうなると事件の経緯はどう推測されるでしょうか？」

「動機はお金を盗んだ平田幹夫さんへの復讐《ふくしゅう》？」

ひとみが言う。

「犯人は〈ヒガンバナ〉の店長ってこと？」

「じゃあ黛ゆいなさんが殺されたのは？」

「ちょっと待って」

ひとみが右手を握り、親指だけ突きだしてその腹を顎に当てる。

「萌《もえ》ポーズ？」

「黛ゆいなさんと平田幹夫さんは以前、つきあってたのよね？」

「そう聞いたわ」

「二人が組んで盗んだんじゃない？」

静香がひとみの言葉を吟味するようにしばし黙る。

「お店の金を盗んだのは平田幹夫と黛ゆいなの二人だって言うの？」

「ええ」

「だから二人とも復讐のために山平店長に殺された……。辻褄《つじつま》は合うわね」

「やった」

「ひとみ。今日からあなたに名刑事の称号を譲るわ」

「要らないわ。わたし刑事じゃないから。第一、あなたがそれまで名刑事の称号を持ってたわけ？」

「あたしは名刑事じゃなくて名探偵よ」

ひとみは、わざとらしく肩を竦《すく》めて見せた。

「脅迫めいた手紙は、どのような位置づけになりますでしょうか？」

東子が訊いた。

「〝犯人は別にいる〟ね」

「はい」

「それまで平田幹夫さんは乱闘に巻きこまれて亡くなったと思われていた。でも真相は山平店長に殺された……。そのことを指摘したんじゃないかしら」

「ということは黛ゆいなさんを殺したのも山平店長？」

「そうなるわね」

ひとみがごくりと唾を飲みこむ。

「警察に言う？」

「証拠がないわよ。まずは証拠集め」

「あなたホントに名探偵にでもなったつもり？」

そう揶揄《やゆ》すると、ひとみはビールを飲みほした。

＊

飯田刑事と海老原刑事の二人がガードレールの設置工事現場を訪れた。

「ちょっとお尋ねしますがね」

「何ですか？」

若い作業員が不安そうに訊き返す。

「こちらの会社で少し前に利根川に架かる橋に看板を取りつけましたか？」

「看板……。ああ、欄干の塗装ですよ」

「その際に、ペンキを落としませんでしたか？」

「ペンキ……」

若い作業員は背後を振り返る。背後には壮年の作業員がいて若い作業員を睨みつけている。

「そいつが川に落としたんだよ」

「やっぱりそうか」

「捕まるのかい？」

壮年の作業員の言葉に若い作業員の顔が蒼くなる。

「そんなことで一々、捕まえはしないさ。ただ、別件で確認する必要があってね」

「別件？」

「落とした缶は拾ったか？」

「拾いました」

「何時ごろ落として何時に拾った？」

「落としたのは夜中の十二時頃です」

「そんな時間に？」

「道路を使う作業だったので夜中に行ったんです」

「なるほど」

「でも、すぐに拾いましたよ」

「その缶を見せてくれ」

「もう捨てました。使い物にならなくなったので」

「じゃあメーカーや色を教えてくれ」

刑事二人は必要事項をメモすると現場を後にした。

＊

宿泊しているスパの露天風呂に静香とひとみは浸《つ》かっていた。東子は洗い場で軀を丁寧に洗っている。

「スパに露天風呂があって良かったわ」

静香が言うと「あらためて強調することでもないでしょ」とひとみに窘《たしな》められる。

「露天は、やっぱり違うのよ。自然の中で入浴できるのよ？」

「それは判るけど」

ひとみは腕に湯をかける。

「警察から、いろいろな情報を手に入れたわよ」

静香が本題とも言える事件の話に入る。

「躯を使って？」

「どうして躯を使うのよ。あたしたちは事件の関係者だし情報提供者でもあるからギブアンドテイクよ」

「だからといって静香じゃなかったら情報提供してもらえなかったかもね」

「たしかに、あたしの飛びぬけた美貌と滲《にじ》みでる色香に向こうが勝手にクラクラしちゃったって事はあるかも」

「で、どんな情報を提供してもらったの？」

「ペンキよ」

「ペンキ？」

「そう。事件のあった日の夜中、遺体発見現場の川の上流で、工事の人がペンキの缶を川に落としちゃったんだって」

「それが？」

「黛ゆいなさんの遺体の肺からもそのペンキの成分が検出されたのよ」

「上流でペンキを落としたんだから、その下流の遺体の肺にペンキが入っているのは当然じゃないの？」

「ところが」

軀を洗い終えた東子がやってきて静香の隣に身を沈めた。

「そのペンキの成分は翌朝にはもう、川には残ってなかったのよ。川の成分を定期的に調べている大学の研究室があって、そこの調査結果だから、これは確かよ」

「それだけ川の水量が多くて流れも活発だってことよね。でもそれ、事件とは関係ない話じゃない？」

「死亡時刻が絞れるでしょ」

「そういう話か。できることなら容疑者を絞ってもらいたいわね」

「絞れてきたわよ」

「山平店長でしょ？　でも納得できないわ」

「どの辺が？」

「動機よ。店のお金を盗んだのは平田幹夫さんと黛ゆいなさんの二人だとして、どうして二人同時期に殺さなかったのかしら？　平田幹夫さんが亡くなったのは窃盗事件の数ヶ月後だけど、黛ゆいなさんが殺されたのは二年も経ってからよ」

「地元に、いなかったからでしょ」

「そうか。黛ゆいなさんは東京に行ってたんだもんね」

「もしかして窃盗事件を起こしたから逃げたとか」

「この辺じゃ、東京に出る子が多いのよ。倉持明美さんだって長いこと東京にいたらしいわよ」

「仮に山平店長さんが犯人だったとしたら、どうやって窃盗事件の犯人を知ったのでしょう？」

　東子が口を挟む。

「あ、そうか。警察だって摑んでなかったんだもんね」

　東子が頷く。

「窃盗の犯人が平田幹夫と黛ゆいなだって知ってる人間がいたとしたら、二人の仲間とか」

「黛ゆいなは口が軽かったっぽいから仲間に話しちゃってる可能性もあるわよね」

「仲間って〈蛮族〉？」

　ひとみが頷く。

「黛ゆいなさんは東京ではコンビニエンスストアでアルバイトをしていたとお聞きしました」

「大金を手に入れたって感じじゃないわね」

「窃盗事件は本当に平田幹夫さんと黛ゆいなさんが組んで起こしたものなのでしょうか？」

「え、どういうこと？」

「ちょっと待って。何かが判りそう。東子の言葉がヒントになるわ」

「何かって？」

「犯人よ」

「犯人は山平店長じゃないの？」

「ちがう」

静香は断言した。

「だったら誰よ」

「あたしの勘が、あの人が犯人だって告げてる」

「だから誰よ」

「でも、まさか……」

「いいなさいよ」

静香は潜った。

「またそれ？」

音を立てて静香が立ちあがる。静香の肌から水が弾《はじ》かれる。

「わかった」

静香は湯船から上がるとスタスタとドアに向かって歩きだした。

＊

開店前の〈ヒガンバナ〉に関係者が集められた。

招集したのは静香である。店には〈アルキ女デス〉のほかに八人の人間がいる。

飯田刑事と海老原刑事。

平田智子。

倉持明美と尚之夫妻。

根本利也。

〈ヒガンバナ〉店長の山平浩彦とホストの新谷信太である。

「どうしてこの店に？」

根本が静香に訊いた。

「全員が入れるでしょ。場所も判りやすいし。みんなの前で黛ゆいなさんと平田幹夫さんを殺害した犯人を指摘したかったのよ」

「黛ゆいなさんは自殺じゃないのか？　遺書があったたって聞いたぞ」

山平店長が言う。

「ケータイに残された遺書でしょ？　本人じゃなくても誰でも残せるわ。偽装でもおかしくない」

「だったら犯人は誰なんだ？」

今度は飯田刑事が静香に訊く。

「犯人が判ったと言うからやってきたんだ。警察も市民の情報提供には耳を傾ける。目撃者が現れたのか？　それとも犯人が自白したのか？」

「いいえ」

静香は首を横に振った。

「今まで判明した事実を繋ぎあわせて〝犯人はこの人だ〟という事が判ったからお呼びしたのよ」

「馬鹿馬鹿しい」

飯田刑事が吐きすてるように言う。

「推理だけで犯人が判ったら苦労はしない」

「苦労はしたわよ。頭脳労働だって疲れるのよ。脳内のエネルギーを使い果たすほどに」

「能書きはいい。犯人は誰なんだ？」

「それを知るためには〈ヒガンバナ〉の盗難事件に遡る必要があるわ」

「え？」

山平店長が声をあげる。

「二年前のあの盗難か？」

「そうよ。その事件の犯人は判ってないのよね？」

「判ってない」

「目星はついてるの？」

「それは……」

山平店長はチラリと平田智子を見た。

「遠慮しないで言って。事は殺人事件なのよ」

「判った。俺は平田幹夫だと思ってる」

智子は表情を変えない。

「平田幹夫さんには、お金を盗む動機があったのよね。妹さん……こちらにいる平田智子さんのことだけど、智子さんの手術代を捻出しなければいけないっていう動機よ」

「そのために店の金を盗んだと？」

静香は頷く。

「だが平田幹夫は売れっ子ホストだったはずだ。わざわざ店の金を盗まなくても」

「智子さんの手術が急を要した。まだ平田幹夫さんが充分なお金を稼ぐ前に。そういう事じゃないかしら？」

「そうだと思う」

山平店長が肯《うべな》う。

「智子さん。その件について何か知ってることは？」

「ありません。わたしは、兄がホストとして稼いだお金で手術代を払ったのだと思っていました」

「智子さんの手術があった頃は平田幹夫さんは、まだそれほど稼いでいないよ」

山平店長が証言した。

「そして残念ながら、窃盗事件は内部の者の犯行だろう。鍵の番号は内部の者しか知りえないと思うから」

山平店長が断言した。

「しかも、あの窃盗には共犯者がいた」

静香が言う。

「どうして、そう言えるんだ？」

「平田幹夫さんが必要としていたお金は手術代などの五百万円。でも盗まれたのは一千万円なのよね？」

山平店長が頷く。

「残りの五百万円も自分で使ったんじゃないか？」

「どうなの？　智子さん」

「使ってません」

智子が蒼い顔で答える。

「生活は前と変わりませんでした。貯金も増えてませんし、兄が亡くなった後の自宅から現金も出てきてません」

「つまり、余った五百万円を山分けした相手がいるのよ」

「黛ゆいなだろ。だから黛ゆいなは逃げるように東京に引っ越した」

「東京に出ることは何も特別なことじゃないでしょ？　田舎の若者が高校卒業と同時に都会に出てゆくことは普通にあることだと思うわ。それは茨城だって同じでしょ？」

「別に逃げたわけじゃないって事か？」

「ええ。黛ゆいなさんにしても生活は質素だったのよ。五百万円を手に入れたとは思えないわ」

コンビニのバイトで生計を立てていた。

「しかし平田幹夫の共犯者としての条件に合うのは黛ゆいなだけだ。彼女は〈ヒガンバナ〉に通っていて平田幹夫とも話が通じる仲だ。ホスト通いの金だって必要だろう」

「条件に合う人が、もう一人いるわ」

「もう一人？」

静香は頷く。

「誰だ？」

「倉持明美さん」

みな一斉に明美に目を遣《や》る。

「え？」

明美はキョトンとした顔をする。

「わたし？」

静香が頷く。明美は笑いを堪《こら》えたような顔になる。

「あなたが犯人なのよ」

「何を言ってるんだ」

明美の夫の尚之が気色ばむ。

「こんな時に冗談を言うのはやめてくれ」

「冗談じゃないのよ」

「まさか本気で明美が犯人だと？」

「そうよ」

「どうして、そんな馬鹿なことを」

「明美さんもホストクラブに通っていたじゃない。それ〈ヒガンバナ〉よね？」

「あれは」

「明美さんは黛ゆいなさんにつきあってホストクラブに通ったって言ってた。でもそれは逆じゃないかって考えてみたの」

「逆？」

「そう。明美さんのホストクラブ通いに黛ゆいなさんがつきあっていたんじゃないかって」

　みなの視線が明美に集中する。

「明美さんは長い間、東京で暮らしていた。そのときにホストクラブに嵌ったんじゃないかしら。そして茨城にやってきて〈ヒガンバナ〉を知って、こっちでも通い始めた」

「それは罪じゃないでしょ」

「でも、お金がかかる。明美さんは東京でホストクラブにお金を注《つ》ぎこんで、借金を作って逃げてきたんじゃないの？」

「明美……」

「その借金を返すためにも、お金が絶対に必要だったとしたら……」

「だから店の金を盗んだと？」

「明美さんは〈ヒガンバナ〉が脱税して現金を金庫に保管していることを知ってしまった。ホストだった平田さんか新谷さんに聞いたのかもしれないわね」

静香が新谷を見る。新谷は蒼い顔をして否定しない。

「教えた方も盗もうなんて気はなくて、ただの雑談として飲んだ席でポロッと話してしまったのかもしれない。でも、お金が欲しかった明美さんは、そのお金を盗もうと思った」

「だけど、金庫の番号は私しか知らないんだ」

山平が言う。

「たとえば」

静香は考える。

「金庫のある部屋に隠しカメラを仕込んで山平店長が金庫を開けるところを撮影したら番号が判るんじゃない？」

「そんな事ができるのは……」

「内部の者。だから明美さんは平田さんを仲間に引きこんだ」

「だったら平田幹夫を殺したのは山平店長じゃないのか？　大金を盗まれた恨みを晴らすために」

「違う」

山平が蒼い顔で言う。

「店長より根本の方が怪しいぜ」

新谷が言った。

「なに？」

「根本は黛ゆいなとつきあってたんだからな。平田幹夫も黛ゆいなとつきあっていた。男女関係の縺れ。よくある話」

「だから二人とも殺したって言うの？」

「そんな馬鹿な」

根本が否定する。

「それだと順番が変よ」

「え？」

「根本さんが平田さんにカノジョを取られて恨むのなら判るけど、根本さんが黛ゆいなさんとつきあっていたのは平田さんが黛ゆいなさんとつきあった後なのよね？」

「そうです」

「カノジョを取られたのは順番的にはむしろ平田さんの方よ。平田さんが根本さんを恨むのなら判るけど」

「お互いに恨んだりはしていませんよ」

「判ってるわ」

根本の言葉に静香は応えた。

「倉持明美には動機があるというのか？」

静香は頷くと明美に視線を戻す。

「明美さん。あなたは二人で盗んだそのお金を独り占めしようとして平田幹夫さんを殺した」

誰もが驚愕《きょうがく》の表情を浮かべる。

「でも兄は手術代を払ったのよ。独り占めはしなかったのでは？」

「多分、こういう事じゃないかしら。倉持明美さんは盗んだお金を独り占めしようとして平田さんを自分の家に呼びだしたの」

「乱闘事件のあった日か？」

「そうよ。自分の家に隠しておいたお金を持ってくるように言ってね。平田幹夫さんは倉持明美さんに言われた通り、盗んだお金をスポーツバッグか何かに入れて明美さんの家に行った。でもバッグの中のお金は、明美さんの分、一人分しかなかったのよ」

「もう病院なり所定の口座に振りこんだ後だったって言うのか？」

「そうだと思うわ。だから智子さんの手術代、入院費は賄えた」

「そうとも知らずに倉持明美は一千万円を独り占めしようとして平田幹夫さんを殺害した」

「殺したのは自宅ね。乱闘が終わった後で」

「ええ。平田さんは乱闘の後に五百万円の入ったスポーツバッグを持って倉持明美さんの家に行ったのよ」

「そこで殺された……。焦っているからバッグの中身を確認することもできなかったのかな」

「でしょうね。そして殺した後、真夜中に車で遺体を運んで乱闘が終わった後の河原に捨てた。夜分に検分が行われていないであろう、少し離れた草の中にね」

　翌日、再度、検分に訪れた飯田刑事と海老原刑事がその遺体を発見する。

「でも一人だけ、そのことに気づいた人間がいた。それが黛ゆいなさんよ。ホストクラブ通いで借金を作ったゆいなさんは、そのことで倉持明美さんを強請《ゆす》った。それで殺されたんじゃないかしら」

「強請った？」

「脅迫文がその証拠よ」

「〝犯人は別にいる〟って手紙か」

「ええ。あれは黛ゆいなさんが倉持明美さんに送った脅迫文なのよ。〝平田幹夫さんを殺したのはあなただ〟っていうね。露見《バラ》されたくなかったら金をよこせってことじゃないかしら」

「しかし脅迫文は平田智子さんの家に届いたのだろう？」

「それは、倉持明美さんが犯人を平田智子さんに見せかけるための策略よ」

「策略？」

「脅迫文の送り主は平田幹夫さん殺しの真犯人を知っている。だから、その手紙が届けられた相手が真犯人ということになる」

「消印は東京のものなんだろう？」

「倉持明美さんが封筒だけ交換して東京に行って投函したのよ。筆跡を似せて宛名を書いたりもした」

「手の込んだことを」

「黛ゆいなは倉持明美が平田幹夫を殺したことを、なぜ知ることができたんだ？」

「呼びだしを頼んだのかも」

「呼びだしとは？」

「平田幹夫さんが乱闘現場に行ったのは黛ゆいなさんに呼びだされたからよね？」

智子が頷く。

「それ、もしかしたら倉持明美さんが黛ゆいなさんに頼んで呼びだしてもらったんじゃないかしら」

「え？」

「自分で呼びだすのは不自然でしょ？〈蛮族〉のメンバーでもない自分が呼びだす理由がないんだもの。それで黛ゆいなさんに頼んで呼びだしてもらった」

「平田幹夫さんが乱闘で殺されたように見せかけるためか。後からそう理由づけられるように乱闘に参加した事実を作っておいた」

「つまり〝平田幹夫を殺害した〟という秘密をネタに強請られた倉持明美が、強請ってきた相手、黛ゆいなを殺害した、というのが真相」

「証拠はあるのか？」

尚之が訊いた。

「倉持明美さんの靴を調べてみたらどうかしら」

「靴？」

「ええ。もしかしたらペンキの成分が検出されるかもしれないわよ」

「どういう事だ？」

「犯行のあった日、犯行の行われた河原の近くの上流で塗装工事の人が川にペンキの缶を落としたそうね。もし犯人なら、そのペンキの成分が靴に付着してるんじゃない？」

「そんなことは証拠にならないだろう」

尚之が反論する。

「ところが、そのペンキの成分が川に流れたのは、ほんの短い時間だけだったのよ。そうよね？」

「そうだ」

静香の問いに飯田刑事が答える。

「つまり、犯行時刻に現場にいた人にしかペンキの成分は付着していない」

尚之が憔悴《しょうすい》した顔で明美を見る。明美の視点は焦点が定まらない。

「調べてみる価値はありそうだな。ご同行をお願いできますか？　倉持明美さん」

明美は項垂《うなだ》れた。

*

〈アルキ女デス〉の三人は東子の運転するアルファロメオで利根川沿いを走っている。

「倉持明美が自白したそうよ」

スマホの通話を終えたひとみが言った。

「ペンキの成分という証拠が出ると思って、もう言い逃れはできないと観念したのね。本当に出るかどうかは判らないけど」

「智子さんの思いは成就したのかもしれないわね」

智子は〝兄の仇は絶対に取る〟と言っていた。それは真犯人を暴いて罪を償わせる事だったのだろう。

「智子さん、根本さんに告られたみたいよ」

ひとみは応えない。

「ズキ」

「わたしの心の声を表現しなくてもいいわよ」

「残念だったわね」

「関係ないわ」

「強がり言って」

静香はニヤリと笑う。

「それと、智子さん、お兄さんが盗んだお金を〈ヒガンバナ〉に返してゆくそうよ」

「偉いわね」

「逞《たくま》しいわよ」

「あたしたちも人生、逞しくありたいわね。この利根川のように」

〈アルキ女デス〉の三人は利根川を後にした。

信濃川殺人紀行

1

バスローブだけを身につけた木樽幹雄《きだるみきお》がベッドの上に坐《すわ》って煙草《たばこ》を吹かしていた。木樽幹雄は長野に拠点を持つ暴力団組織〈龍王組〉の組長である。痩せていて顔も細いが、その眼光は鋭い。背が高く、五十八歳にしては肌の色艶もよい。

ドアをノックする音が聞こえた。長野市内にあるホテルの一室である。木樽は立ちあがるとドアまで歩きドアスコープから外を見る。一人の女性が立っていた。三十六歳だが二十代にも見える。女性の身長は百六十センチぐらいだろうか。卵形の輪郭の中にパッチリとした目と形の良い鼻がバランスよく収まっている。木樽はチェーンを外してドアを開けた。女性が強《こわ》ばった顔で木樽を見つめる。

「入れ」

女性は、おずおずと部屋に足を踏みいれる。女性が部屋に入ると木樽は鍵を閉めチェーンをかけた。その様子を女性は振りむいて眺めていた。

「由布子《ゆうこ》。ようやく、お前を抱けるぜ」

木樽は女性――滝沢《たきざわ》由布子を背後から抱きしめて囁《ささや》いた。女性の躯《からだ》がビクッと震える。

「お前を抱けるとは今回の手打ちは成立だ……。いや、それもお前次第だ。お前が俺を満足させられなかったら手打ちはご破算だ。判《わか》ってるな？」

由布子は強ばった顔で頷《うなず》く。

「そうと決まったら、もう待ちきれん。服を脱げ」

由布子が戸惑っていると木樽は由布子の腕を摑《つか》み無理矢理ベッドの脇に連れてゆく。

「早く脱げ！」

短気を起こした木樽に由布子はビクッと軀を震わせたが、やがて観念したのか服を脱ぎ始めた。木樽もバスローブを脱ぐ。その下には何も身につけていなかった。由布子も程なく木樽の前で全裸になった。

「こっちへ来い」

先にベッドに入った木樽が由布子を呼ぶ。由布子はベッドに入り木樽の隣に横たわった。木樽はいきなり由布子の胸を鷲摑みにした。驚いたのか由布子は小さな声をあげる。木樽はかまわずに胸を揉《も》み続け由布子の唇を吸った。やがて由布子の中に侵入する。由布子は喘《あえ》ぎ声を漏らす。

「お前、まだ村重《むらしげ》の女だったんだな」

木樽は由布子を貫きながら言った。由布子は喘ぎ声を漏らすだけで答えない。

「村重の女は高見沢《たかみざわ》カナだと聞いたが……」

「村重は、その人と、結婚する、ようです」

「なるほど。お前は愛人か」

由布子は仰向《あおむ》けのまま頷いた。

「村重も、さすがに結婚相手を抱かせるわけには、いかんわな」

そう言うと木樽は豪快に笑った。

「しかし、お前も不憫《ふびん》な女よなあ。組の手打ちのために相手の親分の元に差しだされるんだからな」

依然として木樽の顔は笑っていた。

「今夜は長いぞ」

木樽は一度目の思いを果たした。

＊

村重峻紘《としひろ》は腹を刃物で刺された。

(!?)

蹌踉《よろ》けそうになる軀を足を踏ん張って堪《こら》える。だが村重を刺した相手は村重の軀から離れない。

「どうして、お前が……」

それきり言葉が出ない。村重峻紘は今年、還暦を迎えた。背はさほど高くないがガッシリとした体つきをしていて顔も四角張っている。短く刈った髪の毛は白髪が目立つ。

脇腹付近に鋭く激しい痛みを感じている。痛みのある箇所に目を遣《や》ると透明のビニールシートのような物が目に入る。そのビニールシートの中から包丁のような刃物が突きだして村重の脇腹に深々と刺さっている。ビニールシートが波を防ぐ防波堤のように村重の脇腹から噴きだす血が襲撃者に付着するのを防いでいることが瞬時に理解できた。

「この野郎」

村重は呻《うめ》くように相手を罵《ののし》りながらも腹に刺さった刃物を抜こうとする。だが村重を襲った相手は巧みに身を捻《ひね》って村重の手を邪魔する。

「個人的な恨みか？　それとも俺が〈川辺興業〉の組長だからか？」

村重は肝の据わった声で対応した。繁華街にあるマンションの四階の廊下である。

「答える義務はない」

「しかし」

「観念しろ」

刃物はさらに深く村重の腹に刺さった。

「貴様……」

村重は腹に刺さった刃物を両手で押さえながら相手を睨《にら》みつけて呻いた。

「ただで済むと思うなよ」

相手は答えずに無言で刃物から手を離した。村重は俯《うつぶ》せに倒れた。

＊

静香《しずか》と東子《はるこ》が向かいあって座敷に坐っていると遅れてひとみがやってきた。

「遅かったわね」

「ごめん。会議が長引いて」

ひとみが静香の隣に坐ると〈アルキ女《メ》デス〉の三人は料理と飲物を注文した。

「それにしても、また池袋？」

料理と飲物が運ばれてくると、ひとみが非難するように静香に言う。

「いま池袋は、おしゃれな街に変わりつつあるのよ」

「初耳なんですけど」

ひとみは、すでに運ばれた皿の料理をパクついている。

「蜂の子を出す店なんて池袋じゃここしか知らなかったし」

「蜂の子？」

「蜂の幼虫。ひとみがいま食べたやつ」

「ウゲ」

「蜂の子は栄養があるのよ」

「自分は食べてないじゃない」

「あたしは、ちょっと苦手。あなたに食べてもらいたくて」

「意味わかんないんですけど」

「わたくしも遠慮いたします」

　東子が言う。

「ちょっと。このお皿の蜂の子、わたし一人で食べろって言うの？」

「遠慮しないで。あたしは鶏の唐揚げをいただくから」

「しょうがないわね」

　文句を言いながらも蜂の子を口に運ぶ人のいいひとみであった。

「長野県では蜂の子を食べるそうですね」

「そうなのよね」

　静香はハイボールを一口飲む。ひとみはホッピーを飲んでいる。

「あ、そうだ。次のウォーキングの会は信濃川《しなのがわ》で決定ね」

ひとみがホッピーを噴きだした。

「やめてよ」

「ごめん……つーか、そっちこそやめてよ。なんでいきなり決定なのよ！　まだ提案もしてないし議題にも上ってないことを」

「〈アルキ女デス〉の定例会では常に次のウォーキングの会の目的地がどこかが議題に上るのよ。それは暗黙の了解のはずよ」

東子が頷いた。

「東子まで……」

「当然よ。第一、石狩川、利根川と歩いてきたら、次は日本一長い信濃川に行かないわけにはいかないでしょう」

「それは言えるか」

「話が判るわね。だからあなたが好きなのよ」

「あら、告白？」

「それもいいわね。あなたを第二の恋人にしてあげてもいいわよ」

「どうしようかしら」

二人は潤んだ瞳で見つめあった。どちらともなく顔を寄せあう。静香は目を瞑《つぶ》った。

周りの客たちが二人に注目し始めた。その気配を察した静香が目を開けて動きを止める。

「馬鹿。変な冗談はやめて。周りの人たちが本気だって勘違いしてるわよ」

「そっちこそ」

二人は気まずそうに居住まいを正した。

「信濃川の伝説を聞いたことがあります」

何事もなかったかのように東子が話しだした。

「そうなのよ。その伝説を生んだ川を直接、見てみたいじゃない？」

「伝説って？」

「あら、ひとみ。龍の子太郎も知らないんだ」

「ああ、龍神伝説ね」

東子が頷いている。

長野県に伝わる伝説によれば、かつて長野盆地は湖だった。湖のそばに太郎という若者が住んでいた。太郎の母親は空腹に耐えかねて村の掟《おきて》を破りイワナを食べたために竜になり、湖に住むことになった。太郎は「この湖が田んぼだったら、村が豊かになり母親が掟を破ることもなかったのに」と思い、母親である竜の力を借りて山を切り崩し、湖の水を海に流した。このときに竜が山を掘った跡が信濃川だという。

『龍の子太郎』はこの伝説を元に松谷みよ子が創作した童話である。

「わたし、あの童話、好きだったわ」

「じゃあ決まりね」

「だからってぜんぜん〝決まり〟じゃないんですけど」

「ぐずぐず言わないで。決まりは決まりよ」

ひとみは〝無理が通れば道理が引っこむ〟という諺《ことわざ》を思いだしていた。

「長野だったら車でも近いけど、車だと、お酒が飲めないしねー」

早くも道中に思いを馳《は》せる静香であった。

＊

トヨタのプレミオが千曲川《ちくまがわ》沿いを走っている。運転しているのは青柳慶《あおやぎけい》。二十五歳になる信濃警察署の刑事である。背が高くヒョロリとした印象だ。

「この辺りです」

青柳慶が助手席の浜千景に言った。浜千景《はまちかげ》は四十三歳。長野県警の刑事である。平たい顔をした中肉中背の女性で、堅実な捜査には定評がある。

「そこのマンションね」

八階建ての真新しいマンションの駐車場に数台のパトカーが停まっているのが見える。青柳は空いているスペースに覆面パトカーを停めた。駐車場の下には千曲川が流れている。二人は車を降りると制服警官に身分証を見せながら黄色いロープを潜《くぐ》りマンションに入った。

エレベーターが鑑識作業中で使用できないので階段で四階まで上がる。

「息が切れますね」

「何を言ってんの、四階ぐらいで」

浜千景は涼しい顔で応えると四階の廊下に出た。黄色と黒のロープが張られ、その前に制服警官が立っている。ロープの内と外で鑑識が数人、作業をしている。廊下にはすでに被害者の姿はなく血痕がベッタリと広がっている。

「浜さん」

顔見知りの若手刑事が浜に気づいて声をかける。

「村重の死亡が正式に確認されました。村重の死因は刃物で腹を刺されたことによる出血死です」

「つまり殺しね」

「そうですね。被害者の村重は〈川辺興業〉の組長です」

〈川辺興業〉は長野県飯山《いいやま》市に居を構える暴力団組織である。構成員二十人ほどの小さな組だ。

「犯人は〈龍王組〉の者でしょうか？」

青柳が浜に訊《き》く。〈龍王組〉は〈川辺興業〉に対抗する暴力団である。長野市中心部に居を構え、構成員は四十人ほど。

「そうだろうね。ただ、このところ両者は、おとなしいわ」

「ですね。暴力沙汰もここ数年は起きていないはずです」

「そこが引っかかるけど……。遺留品は？」

「被害者が倒れていた付近に煙草の吸殻が落ちていました。すでに鑑識が回収しています」

浜は頷くと「村重は、どうしてこのマンションに？」と訊いた。

「この階の十三号室に住んでいる高見沢カナという女性の部屋を訪ねに来ていたようです」

「その女は愛人？」

「村重は独身なので……愛人と言うより本命のカノジョかもしれません」

「その女性は今いるの？」

「います。部屋で待機してもらってます」

「第一発見者は誰？」

「十二号室に住む赤羽牧子という三十三歳の女性です」

「まずは、その人から話を聞きましょうか」

浜は十二号室のチャイムを鳴らした。ドアを開けたのは信濃署の制服警官だ。

「赤羽さんは？」

「リビングで待機してもらっています」

浜が頷いて部屋にあがるとリビングのソファ席に坐る一人の女性の後ろ姿が見えた。

「赤羽牧子さんですね？」

浜刑事が声をかけると女性は振りむいた。

「はい」

女性は震えたような顔で返事をする。背が低く、少しポッチャリした感じの女性だ。

(贅肉が、そこそこつき始めた感じね。人のことは言えないけど)

浜は勝手に親近感を抱きながら女性の正面に坐る。青柳は浜の隣に立っている。

「まず、お名前をフルネームで聞かせてください」

「赤羽牧子です」

「遺体を発見したときの状況を聞かせてもらえますか？」

赤羽牧子は強ばった顔で頷いた。

「ドアを開けると、廊下に人が倒れてたんです」

「何時頃ですか？」

「朝の六時です。ゴミを捨てに行こうとドアを開けたら……」

「遺体はどのような状況で？」

「俯せに倒れていました。軀の下から黒い血の痕が流れて固まっていました」

「その後あなたは、どうしましたか？」

「すぐに部屋に戻って警察に電話をしました」

「何か気がついた事はありますか？　死体の周りに物が落ちていたとか」

「さあ……。気が動転していたので、死体しか目に入りませんでした」

青柳がメモを取る。

「お隣の高見沢カナさんとは面識はありましたか？」

「ありましたけど……」

「どんなおつきあい？」

「挨拶する程度です」

「お隣なのに、それだけ？」

「時間帯が合わないから」

「赤羽さんは、ご家族は？」

「主人と子供がいます」

「高見沢さんは独身でキャバクラ勤め……。たしかに生活時間が合わないかもしれないわね」

「もういいですか?」

「でも高見沢さんが出勤するのは夕方のはず。お昼頃には起きてるでしょう」

「わたしはパートに出てるんです」

「誰か高見沢さんの家に訪ねてきた人を覚えていない?」

「さあ」

とりあえず状況だけ聞くと浜は礼を言って赤羽牧子の部屋を出た。

「次は被害者が会おうとしていた女性に話を聞きましょう」

浜と青柳は高見沢カナの部屋に出向いた。高見沢カナは二人の刑事を部屋に入れるとリビングに案内した。高見沢カナは二十八歳になる女性で、丸顔だが目がパッチリとしていてスタイルがよく、着ている服も洗練されていた。

「村重さんが亡くなったことは聞いたわね?」

お互いに自己紹介を済ますと浜が切りだした。高見沢カナは目を瞑って小さな吐息を漏らして頷いた。

「こんなときに悪いけど、あなたと村重さんとは、どういう関係?」

「婚約者だったのよ」

カナは目に涙を溜めて答えた。

「そう。それはお気の毒だったわね」

「村重さんは……商売が商売だから覚悟はしていたけど」

カナは気丈に言った。

「あなたは何をしている人なの？」

「キャバクラで働いていたわ。でも村重に見初められて……。結婚する約束をしてからキャバクラは辞めたの」

浜刑事は頷くと「昨晩は村重さんが、ここに来る予定になってたの？」と訊いた。

「予定って言うか、夜の十一時頃に〝今から行く〟って電話があったのよ」

「でも来なかった」

「ええ」

「村重さんに連絡はしたの？」

「したわよ。電話もLINEも。でも返事がなかった」

「変だとは思わなかったの？」

「思ったけど、約束をすっぽかされたことは前にもあったから」

暴力組織に所属している人間なら、そういう事も多々あるだろうと浜は納得した。

「村重さんがここに来ることを知っている人は誰かいるかしら？」

「さあ」

カナは首を捻った。

「村重さんは、いつも一人で来るの？」

「そうよ」

「護衛は、つかないの？」

「うちに来るときは、つかないわ。お忍びだもの」

「組長なのに」

「組長と言っても田舎の小さな組織よ」

浜は頷く。

「犯人に心当たりはある？」

「〈龍王組〉に決まってるわ」

カナはすぐに答えた。

「〈川辺興業〉と対立してたんだから」

「具体的には、そんな話は出てた？　狙われてるとか」

「それはなかったけど……。ねえ、うちはどうなるの？　村重が死んで、うちはどうなるの？」

「判らないわ」

浜と青柳は一旦、部屋を出た。青柳がエレベーターの前に移動しようとして立ちどまり振りむいた。

「この町も、物騒になるんでしょうか」

「そうはさせないわ」

浜の顔が引き締まった。

*

〈アルキ女デス〉の三人が越後湯沢《えちごゆざわ》駅に到着した。

「結局、新幹線になったわね」

ひとみが言った。ひとみは白いTシャツに短パンという活動的な格好をしている。

「旅は新幹線よ」

新幹線の中でビールを飲み過ぎて、すでに酔いが回ったのか静香が雑な断定をする。

静香も、いつもの時代錯誤のボディコンではなく今日はデニムのミニスカートを着用している。

東子はワンピースに麦藁《むぎわら》帽子を被《かぶ》っている。

「宿に行く？　それとも信濃川を先に見る？」

「ひとみ。あなた、いっつもそこ拘《こだわ》るわね。野添《のぞえ》ひとみと名前が一緒だから？」

「意味わかんないんですけど」

「むかし野添ひとみが〝コーヒー？　紅茶？　それともファミリーナにする？〟ってCMやってたでしょ」

「知らないわよ」

「あたし野添ひとみのことをずっと野末ひとみだと思ってたの」

「野添ひとみ自体も知らないんですけど」

「嘘《うそ》でしょ？　『君の名は』にも出てたのよ」

「え、『君の名は。』に出てたんだ」

「まず信濃川を見ませんか？」

不毛な会話に業を煮やしたのか東子が建設的な意見を言う。

「いいわね。あたしたち、川を見に来たんだもんね」

「そうだったの？」

静香は答えずに〈ブルーガイド〉を広げた。

「越後田沢《たざわ》が信濃川に近いわよ」

「越後田沢？　越後湯沢じゃなくて？」

「新幹線の駅じゃなくて飯山線の駅よ。宿を取った飯山に直通だから丁度いいわ」

決めるのは早い静香である。

「駅名から推測すると越後湯沢みたいなリゾートね、きっと」

〈アルキ女デス〉一行は十日町《とおかまち》まで行き飯山線に乗り換えると越後田沢に着いた。電車を降りて改札を抜ける。改札に駅員はいない。

「無人駅ね」

「静香。リゾートって感じじゃないわよ」

「とにかく信濃川に行きましょう。線路の反対側だから線路を渡らなくちゃダメよ」

静香は改札を出て左に進路を取り歩きだす。ひとみと東子も静香に続く。

「何もないところね」

静香は応えない。自分が〝リゾートのようなところ〟と見込んだ当てが外れたことが気まずいのかもしれない。無言のまま踏切を見つけて線路を渡る。やがて大きな通りに出る。

「ねえ静香。さっきからお店というものが一軒も見あたらないんですけど」

人家ばかりが並んでいる。

「あたしに言われても困るわ」

静香が足を止めた。

「あれ小料理屋じゃない？」

静香が指さす方に、たしかに小料理屋然とした佇まいの木造家屋が見える。

「そうみたいだけど……潰れてるわね」

三人は小料理屋らしき木造家屋に近づく。

「ホントだ」

門が閉まり看板は埃にまみれている。

「とんだリゾートね」

「とにかく目的は信濃川を見ることよ。リゾートは関係ないわ」

「その信濃川にも、ぜんぜん着かないんですけど」

「変ねえ」

「もしかして、あなたも、やらかしたんじゃない？」

「何よ、やらかしたって」

「縮尺」

「あ」

「あ、じゃないわよ！」

ひとみが以前、地図の縮尺を計算に入れずに〝目的地に近い〟と早合点して歩きだしたことがあるのだ。地図の上では近く見えても実際に歩くと果てしなく遠いパターン。

「がんばりましょう」

「人ごとみたいに」

たわいのない会話を続けているうちに川に向かう道を見つけて入ってゆく。人家は途絶え、道の両側は草原である。微《かす》かに川の匂いが漂ってくる。

「近いわ」

「野生の勘？」

さらに進むとトラックとショベルカーが停まっている。

「砂利を採掘しているのかしら」

人影は見えない。三人は坂道を登ってさらに進む。

「見えたわよ」

坂の頂上に出ると眼下に大河が見える。

「信濃川ね」

三人は並んで信濃川を見下ろした。

「綺麗《きれい》な川ね」

ひとみが無言で頷いた。信濃川は全長三六七キロメートル。日本最長の川である。長野県と山梨県、埼玉県の県境に源流があり新潟市内で日本海に注ぐ。

「川岸には降りられないみたいね」

高台から川岸に降りる道は見あたらない。崖があるだけである。

「しょうがないわ。〝信濃川を見る〟っていう目的は果たしたんだから帰りましょう」

「もう？」

「どうせ川岸には降りられそうもないもの」

「そうね」

三人は諦めよく、いま来た道を引き返す。

「人がいるわよ」

大通りを歩いて駅に続く小道に入ったところの木造家屋の前に三十代と思《おぼ》しき女性が佇んでいた。クリーム色のシャツに臙脂《えんじ》色の膝上のスカートをはいて肩先まで伸びた黒髪は綺麗な光沢を放っている。

「そりゃ、いるでしょ」

「でも、さっきは誰も見かけなかったから」

「先ほどの小料理屋ですね。あのかたが見ていらっしゃるのは」

「あ、ホントだ」

静香はスタスタとその女性に近づいていった。

「そこ、潰れてるわよ」

女性の背後から声をかけると女性は、ゆっくりと振りむいた。端整な顔立ちの美人だと静香は思った。

「知っています」

「あらそう」

「ここは、わたしの実家ですから」

「え、そうだったの？」

女性は静かに頷く。

「あなたがたは、どちら様でしょうか？」

「旅の者よ。感傷に浸る邪魔をして悪かったわね」

時代がかったセリフを吐いて静香はひとみと東子の元に戻ってきた。

「やめなさいよ。見ず知らずの人に不躾《ぶしつけ》なことを言うのは」

「不躾でもないでしょ。親切に教えてあげようとしたのよ」

「それで、その人の実家だったんじゃ世話はないわね」

「聞こえてたの？」

「静かだから聞こえたの。他に誰もいないし」

「静かなところもいいけど賑やかなところも見ておきたいわ」

「それでは善光寺《ぜんこうじ》に行きませんか？」

東子が言った。

「善光寺？」

「はい。ここ越後田沢から、私たちが泊まる飯山までは飯山線で一本です。善光寺のある長野駅は、その少し先になりますけど、さほど時間はかからないと思います」

「そうね、それがいいわね」

わたしの提案には、いつもケチをつけるくせに、と思ったがひとみは黙っていた。

*

信濃署に捜査本部が設置され一回目の捜査会議が開かれている。

「事件の概要を」

捜査本部長に促されて青柳刑事が立ちあがった。

「被害者は村重峻紘、六十歳。暴力団〈川辺興業〉の組長です。婚約者のマンションに出むいたところを刃物で刺されました」

「現場に凶器は？」

「残っていませんし未だに発見されていません」

「婚約者というのは？」

「高見沢カナ、二十八歳。村重が経営するキャバクラに勤めていて、そこで村重と知りあったようです」

「死亡推定時刻は？」

「八月十五日の深夜零時頃と思われます。目撃者は、いません」

「防犯カメラに不審な人物は映っていなかったのか？」

「映っていませんでした。おそらく裏手のゴミ置き場の塀を乗りこえてマンション内に侵入したものと思われます」

「その痕跡は？」

「用意周到な犯人で検出されません。おそらく素人ではないと思われます」

「素人ではない、か……。第一発見者は？」

「同じマンションに住む赤羽牧子という主婦です。朝の六時、ゴミを出そうとして廊下に出たときに遺体を発見しました」

「それまでは誰にも発見されなかったわけか」

青柳刑事は頷くと腰を下ろした。

「犯人の目星は？」

浜千景刑事が立ちあがる。

「〈川辺興業〉と対立関係にあった〈龍王組〉が関わっていることが考えられます」

ノックの返事を待たずにドアが開いた。

「鑑識から報告が入りました」

若手刑事が息を切らせて入室する。

「現場から採取した煙草の吸殻に付着していた指紋が〈龍王組〉組長、木樽幹雄のものと一致しました」

室内のあちこちから「おお」という声が漏れる。

「逮捕令状を取りますか？」

「いや。まだ凶器も発見されていない。まずは任意で話を聞こう。浜。青柳。〈龍王組〉に行ってくれ」

「判りました」

返事をする浜の横で青柳が蒼い顔で唾を飲みこんだ。

＊

長野駅近くの〈龍王組〉事務所を浜刑事と青柳刑事が訪ねた。煉瓦《れんが》の高い塀に囲まれた鉄筋造りの屋敷である。

「立派な家ですね」

「この町では最大手だもの」

「さらにライバル組織のトップが死んだら町を独占できるわね」

「ですね」

「浜さん……」

「行きましょう」

二人は事務所に乗りこんだ。組長室に案内されると木樽幹雄が木目のテーブルを前に坐っている。

「俺が何だって？」

二人の刑事を睨みつけて木樽が凄む。青柳刑事は思わず身を反らした。

「あなたは村重峻紘殺しの容疑者よ」

浜刑事も負けずに木樽を睨み返す。

「ふざけるな。どうして俺が容疑者なんだ」

「〈龍王組〉と〈川辺興業〉は対立してるのよ」

「手打ちしたよ」

「手打ち？」

「ああ」

「それ、いつの話？」

「つい先日だ」

「知らなかったわ」

「お互いに小さな組織の話だ。いちいち知らせる必要もないだろう」

浜刑事は応えずにジッと木樽を見つめる。

「だから抗争は終わったんだ」

「ホントかしら」

「それが警察の捜査のやり方か」

木樽は足をテーブルの上に載せた。

「対立しているって情報だけで証拠も何もないのに」

「証拠が出たわ」

「何？」

「現場に落ちていた煙草の吸殻から、木樽さん。あなたの指紋が検出されたのよ」

「馬鹿な」

木樽は吐き捨てるように言った。

「そんなハッタリ捜査が通用するか」

「ハッタリじゃない。事実よ」

「そんな事あるわけないだろう。俺はその場に行ってないんだから」

「署で詳しく聞きましょうか」

「ふざけるな！　違うって言ってるだろ」

「だったら誰が犯人？」

「それを調べるのがあんたたちの仕事だろう」

「だから調べてるのよ。最重要容疑者をね」

浜刑事が木樽に顔を近づけた。

＊

結局〈龍王組〉の木樽幹雄は警察署での任意の事情聴取を拒んだ。

〈龍王組〉での事情聴取を終えると浜刑事と青柳刑事の二人は飯山駅前の雑居ビルにある〈川辺興業〉へと向かった。

二人の刑事が〈川辺興業〉に着くと正面の応接室で応対したのは組のナンバー2である古波蔵誠史《こばくらせいじ》である。一見、暴力組織の構成員には見えない穏和な雰囲気を纏《まと》った古波蔵誠史は五十歳になる。背は日本人男性の平均ほどだが少し痩せている。瓜のような顔の輪郭と、垂れ気味の目がそう思わせるのかもしれない。

古波蔵の背後には組の若い者が三人、立っている。

「お悔やみ申しあげます」

浜千景は丁寧に頭を下げた。

「今さら悔やまれても、しょうがありませんよ」

口調は丁寧で目も頰笑みを浮かべているように細めたが古波蔵誠史からは静かな威圧感が漂っている。

「組長は、もう帰って来ません」

「犯人の心当たりはある？」

浜刑事がズバリと訊いた。

「〈龍王組〉の奴らに決まってるでしょう」

古波蔵の顔から笑みらしきものが消えた。

「あなたたちは対立してるものね」

「その通りです」

「だけど……」

浜刑事は慎重に言葉を選ぶ。

「ここ数日、あなたたちは鳴りを潜めているように見えたわ。気のせいかしら」

「いや」

古波蔵が意を決したように声を潜める。

「私たちは手打ちをしました。正直、いま私たちの業界も苦しいんですよ。警察が締めつけてくるお陰でね」

「それが市民のためよ」

「そうかもしれません。だから抗争なんて起こしたら、お互いに利がありません。手打ちをしたのは、そう考えてのことです。その矢先に……」

古波蔵の目が据わった。

「許せねえ」

低い声で呟《つぶや》く。青柳の腕がビクッと震える。

「手打ちをしたって本当なの？」

「本当です」

「〈龍王組〉は、よく納得したわね。規模は〈龍王組〉の方がずっと大きいでしょうに」

「構成員の数で言えば〈龍王組〉はうちの二倍です」

「手打ちをしなくても〈龍王組〉だったら〈川辺興業〉を潰せるんじゃないの？」

「浜さん」

青柳刑事が浜刑事の腕を引っ張りながら小声で注意を促す。

「そう簡単なものじゃありません」

古波蔵は静かに答える。

「相手を潰すほどの出入りがあったら地元警察だってメンツが立たないでしょう。死者だって相当数、出るでしょうからね」

「それは、そうね。そんな大事件がこの町で起きたら所轄、いえ県警の責任も問われるわね」

「我々当事者だって大変ですよ。相手を潰したら、潰した方だって無傷じゃ済まない。相当の痛手を被ります。ライバルと共存共栄できたら、そっちの方が楽ですよ」

「ヤクザが平和を願うの？」

「それが一番です」

「矛盾してるわね」

「刑事さん。あなた達は誤解をしている」

古波蔵の目は笑っていない。

「私らは町の平和を願っているんですよ」

「だったら暴力事件を起こさない事ね」

「だからこその手打ちです」

古波蔵は煙草を手にした。若い者がさっと火を点ける。

「そう……。でも規模から考えて〈龍王組〉が何の見返りもナシに手打ちをしたとは思えないわ」

「見返りは〝平和〟ですよ」

「平和ねえ」

「お互いの組長が、そう考えたんです」

「それが本当なら、いい事ね」

「本当ですよ」

「あるいは……」

浜刑事は何かを考えるようにしばし間を取った。

「〈龍王組〉の組長に、なんらかの利益提供をして平和になったとか?」

古波蔵は浜刑事の目をジッと見つめる。

「それぐらいの事はしたかもしれませんね」

古波蔵の背後に並ぶ若い者の何人かが視線を上げた。

「利益提供の内容は知りませんが……。興味もないし、それで結果的に平和になれば私どもには関係もないことです」

浜刑事は二度ほど頷いた。

「だったら、余計にタイミングが変よね。手打ちをした直後に襲うなんて」

「手打ちが罠だったとか?」

青柳刑事が口を挟む。

「あの手打ちは本物です。向こうから言い出したことなら罠ということも考えられますが、手打ちはこっちから言い出したんですから」

「だったら、犯人が〈龍王組〉というのは変じゃない？」

古波蔵が首を捻ったときドアが開いた。

「どうした、墨田《すみだ》」

〈川辺興業〉のナンバー3、墨田康臣が入ってきた。三十六歳になる墨田は坊ちゃん然とした見かけだが、その実、冷酷で計算高いところがあり、それが組に貢献していた。

「実は」

墨田は浜と青柳に目を遣った。

「刑事さんたちだ。かまわずに喋《しゃべ》れ」

墨田は頷く。

「親っさんの殺害現場に煙草の吸殻が落ちていて、そこから〈龍王組〉の木樽幹雄の指紋が検出されたって言うんです」

「なんだと！」

若い衆の一人が叫んだ。古波蔵は目を大きく見開く。

「あなた、どこからそれを？」

浜刑事が鋭い目で問う。

「おおかた刑事さんたちの話を立ち聞きしたんでしょう」

古波蔵の言葉に墨田は頷く。

「それより、これは木樽が犯人ってことですね？」

「まだ犯人と決まったわけじゃないわ」

「しかし」

「警察が結論を出すまで早まった真似はしないで。判ったわね？」

墨田は歯軋《はぎし》りをして浜を睨んだ。

2

〈アルキ女デス〉の三人は長野駅に降りたった。

「けっこう大っきな駅ね」

駅前にはホテルやデパートが建ち並び飲食店も軒を連ねている。

「善光寺までは二キロ弱のはずよ」

「ウォーキング部のあたしたちには物足りない距離ねえ」

三人は善光寺に向かう大通りを歩きだした。

「お腹空かない？」

「もう？」

「夕飯にはちょっと早いけど、お蕎麦ぐらいなら丁度いいんじゃない？」

「食いしん坊ね」

「善光寺までの参道を通っていけばお蕎麦屋さんは、いくつもあるはずよ」

「蕎麦処だもんね」

賑やかな中央通りを歩いているうちに何軒かの蕎麦屋が目に入った。

「あそこがいいんじゃない？　九一蕎麦って珍しいもの」

「そうね。二八蕎麦や十割蕎麦は食べたことがあるけど九一蕎麦は、あんまりないかも」

三人は目当ての蕎麦屋に入り蕎麦を堪能し最後は蕎麦つゆに蕎麦湯を注いで飲みほすと店を出た。

「さあ、後は参道を通り抜ければ善光寺よ。あ、そうだ、ひとみ。あたしを引いていってくれない？」

「なんで、わたしが牛なのよ」

信仰心のない老女が牛を追いかけてゆくうちに善光寺に辿りついて、やがて厚い信仰心を持った伝承から〝思ってもいなかったことや他人の誘いによって良い方へ導かれること〟を〝牛に引かれて善光寺参り〟という。

「仁王門よ。いよいよ善光寺ね」

「長野駅近辺が発展したのって善光寺があるからじゃない？」

中央通りの賑やかさを実感したのか静香が言った。

「かもね」

仁王門を潜ると仲見世通りが続く。

「参道脇にも神社や寺がたくさんあるのねえ」

「それだけ広いのよ、善光寺周りが」

境内に入るとすぐに善光寺本堂が見える。

「立派ね」

「お参りしましょ」

「ねえ。二拝二拍手一拝って意味ないと思わない？」

一般的な参拝の正しいやり方。

「罰当たりなこと言わないでよ」

「だって本当に神様が慈悲深い人だったら形式なんか気にしないと思うわ」

「神様は人じゃないし。あと、ここは神社じゃなくてお寺よ。神じゃなくて仏」

「細かいことは気にしないで。そもそも、お金を取るって神としてどうなの？」

なんだかんだ言いながら結局はお賽銭をあげる静香だった。

「徳川家大奥供養塔に行ってみない？」

「何それ？」

「本堂の後ろにあるのよ」

静香がパンフレットを見ながら言う。

「大奥の女たちの供養塔じゃない？」

「まんまじゃない」

「いいから行ってみましょうよ」

言いだしたら聞かない静香である。三人は本堂の右側を回りこんだ。

「ふざけるな！」

怒鳴り声が聞こえた。見ると本堂脇で男が二人、揉めている。一人は五十歳前後だろうか。頭を短く刈った男で、小柄だが軀はガッシリとしている。

もう一人は若い男だ。背はそこそこ高く、頭をグリースで固め派手なシャツを着ている。顔は優男風だが怒鳴ったのはこの優男のようだ。

「もう一遍、言ってみろ」

若い男が年嵩の男の襟元を摑んだ。

「放しやがれ！」

年嵩の男も負けていない。襟首を摑む若い男の手を強引に振り払った。

「ちょっと、あんたたち」

静香が二人に声をかける。

「な、何やってんのよ静香」

ひとみが静香の行動にギョッとする。

「関わりあいになるの、やめなさいよ」

「その通りだぜ」

若い男の手をふりほどいた年嵩の男が今度は静香に凄んだ。

「素人さんの出る幕じゃねえ」

「あたしは素人じゃないのよ」

「ちょっと、あんたは間違いなく素人でしょうが」

そう言いながら、ひとみが静香の袖を引く。

「あんたたちみたいな愚連隊が厳かなお寺で暴れてたらホントの素人さんたちが怖がるでしょうが」

「てめえ」

若い男がキレて静香の胸倉を摑みにかかる。だが静香は若い男の手を取り反対に捻りあげた。

「痛《い》ててて」

若い男が悲鳴をあげる。

「あたしは美しい見かけによらず空手の有段者なのよ。そういう意味で素人じゃないって言ったの」

「その辺にしといてやんな」

年嵩の男が静香の手を取りにゆく。だが静香は年嵩の男の手も捻りあげる。

「痛てえ」

「ここは人目が多いわ。人目の少ない場所に移ってやってちょうだい。ただし境内の外でよ。仏様の前で刃傷沙汰なんて罰が当たるわよ」

「この野郎」

年嵩の男がもがくが静香は手を緩めず男を引きずるように裏道に移動する。若い男は驚愕の目で静香を見ながらついてゆく。ひとみも渋々、東子は澄ました顔でついてゆく。辺りに人目がなくなると静香は男の手を離した。

「ごめんなさいね」

静香は男二人に謝った。

「あなたたち二人の問題に首を突っこんだりして」

静香が謝ったことに男二人はキョトンとした顔をする。

ひとみも静香の言動が解せないのか怪訝《けげん》そうな顔をする。

「でもね、あの場所だと素人さんたちに迷惑がかかることは確かでしょ。あなたたちは任侠道に生きる人たちよね。その風体、佇まいを見れば判るわ。だから、やるんだったら素人さんたちに迷惑をかけないところでやってちょうだい。それが言いたかったの」

「静香……」

「姐御！」

若い男が膝を突いた。

「どこぞの名のある姐御とお見受けいたします。先ほどの非礼、失礼いたしました」

「あっしからも謝ります」

年嵩の男も頭を下げた。

「あっしは〈龍王組〉の舎弟頭、研光秀《けんみつひで》と申します」

「俺は滝沢《たきざわ》って言います」

「滝沢譲《ゆずる》……。こいつは〈川辺興業〉の息のかかった者ですよ」

「それ、どっちも地元のヤクザ？」

「実はそうなんで」

「静香の睨んだ通りね」

ひとみが東子に耳打ちする。

「実は〈龍王組〉と〈川辺興業〉は対立しているんで」

「あら、そうだったの」

「今日のところは、おあ姉さんの度胸に免じて揉め事はなしにしやす。それでいいな？」

「ああ」

滝沢も研の提案に同意した。

「いいの？　二人とも、そんなに簡単に仲直りして。研さんは〈龍王組〉。滝沢君は〈川辺興業〉。二つの組は対立してるのに」

ひとみは静香が滝沢のことを〝君呼び〟したことに肝を潰していた。

「そうなんですが……」

研と滝沢譲がチラリと視線を交わした。

「実は私は譲を小さい頃から知ってるんで」

「あら」

「どうしてでしょうか？」

とつぜん東子が口を挟むと二人のヤクザ者はギョッとしたように東子に視線を向けた。

「家が近所だったんですよ」

譲が答えた。

「そうだったんだ」

「坐りましょう」

研に促されて五人は傍らの縁石に腰をかけた。

「こいつの親父は〈川辺興業〉の奴なんですがね」

「それなのに仲が良かったの？」

「滝沢鉄矢《てつや》……こいつの親父さんは男気のある奴でね」

研が昔を懐かしむように目を細める。

「抗争に巻きこまれた仲間を庇《かば》って亡くなりました。譲がまだ幼い頃のことですよ」

「そうだったんだ」

「滝沢鉄矢は敵ながら天晴れな奴だと思いましたね」

「滝沢鉄矢さんとも、おつきあいを？」

「いや。それはなかった。あくまで息子の譲とだけですよ。口を利いていたのは」

「譲君がいくつぐらいの時？」

ヤクザ者と気楽に話す静香に、ひとみはヒヤヒヤしていた。

「小学校の一、二年の頃からですよ」

だが滝沢譲は静香の〝君呼び〟を咎《とが》めるでもなく素直に答えた。

「研さんは譲君が滝沢鉄矢さんの息子だって知ってたの？」

「最初は知らなかった」

「研さんが公園で声をかけてくれたんです」

譲が答える。

「可愛《かわい》い子だったんでね。思わず話しかけていた」

研は懐かしそうに目を細めた。

「そんなことが何度かあってね。仲良くなったんだが……」

「後から譲君が〈川辺興業〉の滝沢鉄矢の息子だって気がついたのね？」

研は頷いた。

「ある時、公園に譲が両親と来ていてね。それで気づいたんだよ」

「挨拶はしたの？」

「するわけないでしょう。敵対している〈川辺興業〉の重鎮だから」

「じゃあ譲君ともそれっきり？」

「いや」

研は少し照れたような顔をした。

「たまに公園で会っていた。譲は相変わらず一人で公園に来ることが多かったから」

「研さんは、どうして公園に？」

「その頃、組長の女が公園近くのマンションに住んでてね。組長がその女を訪ねたときに護衛の意味で自主的に公園で見張ってたんだよ」

「そうなんだ」

「しばらくしたら、それも鬱陶《うっとう》しいってんで護衛は廃止になりましたがね。要らぬ事はするなと」

「小さな町ですから、都会のヤクザよりも動きは自由ですよ」

譲が注釈を入れた。

「でも譲君のお母さんは大変だったでしょうね。ご主人を亡くされて、女手一つで譲君を育てたなんて」

「父が亡くなって、しばらくしたら郵便受けにお金が投げ込まれていたんです」

「郵便受けに？」

「百万円ほど。それは研さんが投げいれたものだったんです」

「あら、いいとこあるのね」

「そんなんじゃありません。一度きり、雀の涙みたいな端金《はしたがね》を渡しただけです。褒められたもんじゃねえ」

「それでも助かったって母は言ってました」

「でしょうね。百万円を渡せるなんて、そうそうできるもんじゃないわよ」

「よく判っています」

譲が言った。

「母は研さんに感謝してますよ」

「譲の母親に見られてたんですよ。封筒を入れるところを」

「かえって良かったじゃないの。人知れず人助けをするなんてヤクザの柄じゃないわよ」

ひとみはヒヤッとした。

「ですね」

だが研は怒りもせずに頭を掻《か》いた。

「二人は仲が良さそうだけど、どうして喧嘩をしてたの？」

「俺が譲に堅気になれって諭してたんですよ」

「あら。研さん。あなた見かけによらず常識派なのね」

「こいつは、まだ正式に〈川辺興業〉の構成員になったわけじゃねえ。今なら抜けられますから」

「その通りよ、譲君」

「余計なお世話です」

「あたしのことを〝姐御〟って言ってくれたじゃない」

「ヤクザだからこその姐御です」

「あたしはヤクザじゃないわ」

「面目ねえ。いま組が大変な時期で、俺も譲も気が立ってる。それで言い合いから喧嘩になったってわけで」

「そうなんだ」

「それにしても驚いた。おあ姉さんのその度胸」

「ホントよね」

静香の陰に隠れるようにしてひとみが同意した。

「お近づきの印に、お礼の意味をかねて一杯、奢りやしょう」

「あら、いいの？」

「ちょっと静香」

ひとみが静香の袖を引っぱる。

「勘弁してよ。相手はヤクザなのよ」

「でもあたしのことを〝姐御〟って」

「ちょっと聞いてもらいたい事もあるんで」

「聞いてもらいたいこと？」

「あっしと、こいつが気が立ってる、その元となった事なんで」

「何でわたしたちが聞かなくちゃならないのよ」

ひとみが静香の背後から口を挟む。

「姐さんのその度胸と腕っぷし。そこを見込んでのことでさ」

「何なのよ」

「ある殺人事件のことで」

「殺人事件？」

「ええ。犯人が未だに判らねえ」

「ひとみ。あたしたちの出番みたいよ」

「そんなぁ」

「その殺人事件を譲は独自に調査しようとしてたんで」

「気持ちは判るわ」

「おいらは〝それは警察に任せろ〟って止めてたんで」

「それも正論よね」

「静香」

「その対立から最後は〝堅気になれ〟〝ならない〟って話になっちまって」

「とにかく行きましょう。なんなら、あたし一人でも行くわ」

「しょうがないわね。わたしも行くわよ」

「そう来なくっちゃ」

東子も頷いていた。

＊

〈アルキ女デス〉の三人は研光秀に長野市内の料亭に案内された。

「こんな豪華なところに連れてきてもらえるなんて」

「あんまり持ちあわせがないわよ」

ひとみが静香に耳打ちする。

「心配しないでください。こっちが招待したんだ。こちら持ちですよ」

ひとみの言葉に気づいた研が言った。

「よかった」

素直なひとみだった。

「でも、どうして譲君を帰しちゃったの？」

襖《ふすま》が開いた。

「研。待たせたな」

背が高く痩せた男が入ってきた。

「組長《おやじ》」

「おやじ？」

「お客人。待たせて済まなかった」

男は頭も下げずに研の隣に坐った。

「お、おやじって……」

ひとみの顔が引きつる。

「〈龍王組〉組長の木樽だ」

「く、組長？」

「研が世話になったそうで。ありがとうよ」

「それで譲君を帰したんだ」

「おめえ、まだあのガキと連《つる》んでるのか」

「すいやせん。幼い頃から知ってるもんで」

「まあいい」

木樽は静香に視線を移した。

「それで、お嬢さん」

木樽が静香を睨む。対立するヤクザどもを震えあがらせる眼力だが静香は身動《みじろ》ぎもせずに睨み返す。

「本当に真犯人を見つけだしてくれるのかい？」

「真犯人を見つける？」

「こいつが言ってたぜ。真犯人を見つけてくれるお人がいるってな」

「研さん、あなた、そんなことを言ったの？」

「すいやせん」

研は頭をかいた。

「ただ、姐さんは過去に数々の殺人事件を解決してきたと道々、聞きやして」

「それは事実よ」

「静香……」

「それに気っ風もいい」

「それは判らないけど」

「あたしが惚《ほ》れたんだ。間違いなくいい」

「ありがとう」

静香は研に礼を言う。

「でも組長が事件を解決してもらいたいって？」

「俺が疑われてるんだよ」

木樽が言った。

「組長が……」

静香の目がキラリと光ったのをひとみは見逃さなかった。そして、ごく自然に木樽のことを〝組長〟と呼んでいることも。

「警察は〈川辺興業〉の村重を殺《や》ったのが俺だと思ってる」

「無理もないわね」

「静香……」

「だって対立してるんでしょ?」

「手打ちをしたよ。今は対立は、していない」

「あなたじゃないのね?　犯人は」

「違う」

「だったら引き受けるわ」

「静香、安請けあいはやめなさいよ」

ひとみがやや強い口調で言った。

「おお、引き受けてくれるかい」

だが木樽はひとみを無視して静香に礼を言う。

「ええ」

「静香……」

「ありがてえ。話の判るお嬢さんだ。兄弟分の杯を交わしてもらおうか」

「勘違いしないで」

静香がピシャリと言った。

「あたし、ヤクザは大っ嫌いなの」

「え？」

研がギョッとした顔をする。ひとみの顔も引きつっている。東子は静かに手酌で酒を飲んでいる。

「ほう。だったら、なぜ引きうけた」

「真実が明らかにされないことも大っ嫌いなのよ。あたしは学者だから」

木樽はマジマジと静香の顔を見つめると「なるほど」と呟いた。

「まして人を殺した犯人が野放しになってるなんて許せない。だから引きうけるのよ」

「気に入った。だが実力は？」

木樽の目が鋭くなる。ひとみはその目を見てビクッとした。

「あんたは本当に犯人を見つけることができるのか？　学者先生よ」

「必ず真実を見つけだす。歴史学者が歴史の真実を見つけだすようにね」

木樽は破顔した。

「その代わり、この一件は、あたし一人でやるわ。ひとみや東子を巻きこむことはできない」

「静香……」

「判ったわね？　ひとみ、東子」

「水くさいことを言わないで」

ひとみが言った。

「わたしたちは一心同体よ」

「ひとみ……」

「同じです」

「東子……」

「お前たち、堅気にしておくのはもったいないな。三人が三人とも気っ風がいい」

「お褒めに与《あずか》り光栄だわ。引きうけるからには、いろいろ便宜を図ってもらうことも出てくると思うわ」

「便宜？」

「ええ」

「たとえば？」

「事件の関係者と思われる人物に会えるよう段取りをつけてもらうとか。組関係の人も多いと思うから素人のあたしたちがアポナシ突撃聞きこみをかけても難しいでしょ？」

「わかった」

木樽は請け負った。

「話は決まった。一杯いこう」

「帰るわ」

静香は立ちあがった。

「ヤクザの親分の杯は受けられない。行きましょう」

東子は酒を飲みほすと立ちあがった。ひとみも立ちあがり三人は部屋を出ていった。

＊

刑事二人は再び覆面パトカーで現場マンションに向かっていた。

「浜さんは凄いですね」

「え？」

「ヤクザにも臆せずに向かっていって」

「刑事なんだから当たり前でしょ」

「僕はダメです」

青柳が小さな溜息《ためいき》を漏らした。

「ビビッてしまって……。僕、刑事には向いてないかもしれません」

青柳刑事が不安げな声を出す。

「向いてる人なんて、いないのよ」

「え？」

「それでも、みんな必死にがんばってるの」

青柳刑事は浜刑事の横顔を見た。

「犯罪行為を行う組織があったら、わたしは許さない。その組織を壊滅させる」

「浜さん……」

「着いたわ」

覆面パトカーを降りると四階までエレベーターで上がり十二号室のチャイムを押す。

インターフォンでの遣りとりを終えるとドアが開き赤羽牧子が顔を見せた。

「何でしょうか？」

赤羽牧子は怪訝そうな顔をする。

「お訊きしたいことがあって」

「またですか？　遺体を発見したときの様子は、もう話しましたよ」

「すみません。犯人がまだ捕まっていませんので」

浜刑事の言葉に赤羽牧子は渋々といった体で頷いた。

「赤羽さんは昨日、マンションで不審な人を見かけたことはなかったと仰《おっしゃ》いましたけど」

「はい」

「自分では見なくても〝不審者が出た〟っていう評判が立ったことはありませんか？」

「ありません」

赤羽牧子は、にべもなく答える。

「だったら不審者とまでは言えなくても、普段見かけない人を見たとか」

「普段、見かけない人……」

赤羽牧子は考える。

「ちょっと目立つ女性を見かけた事ならあるわね」

「目立つ女性？」

「ええ。三十代半ばぐらいの人かしら。美人な人。普通の主婦って感じじゃなかったから覚えてるの」

「普通の主婦じゃないって、どういう感じ？」

「簡単に言えば水商売って感じの人」

「水商売か。どこで見たの？」

「この階です」

青柳刑事がメモを続ける。

「その人は、どこから来て、どこに向かっていたの？」

「エレベーターを降りてきたところをチラッと見ただけだから、どの部屋に行ったのかは判らないわ。わたしは階段で下りたから」

浜刑事と青柳刑事は顔を見合わせる。

「高見沢カナさんのキャバクラの同僚かもしれないわね」

「そんな感じじゃなかったわね。もっと上品な感じ」

「上品？」

「銀座の高級バーのマダムとか。年齢的にもキャバクラって感じじゃないもの」

「三十代半ばじゃ、そうかもしれないわね。それ、いつ頃の話？」

「事件のあった前日です」

「前日……」

青柳刑事が色めきたつ。

「何時ごろか覚えてる？」

「昼間よ。パートに出るときだったから」

「浜さん。重要な情報ですね」

「そうね。村重さんの交友関係から、その女性を絞りこむことはできるかもしれないわね」

刑事二人は赤羽牧子に礼を言うとマンションを後にした。

＊

〈アルキ女デス〉の三人は国道一一七号線とＪＲ飯山線に挟まれた地域の路地を歩いていた。

「この辺りね」

三人は小料理屋を探して歩いている。

「ホントに行くの？」

「当たり前でしょ。真相を解明するって約束しちゃったのよ」

「そうよね」

「でもホントにいいの？　ひとみ。あたしのワガママに巻きこんじゃって」

「武士に二言はないわ」

「そうだったわね」

三人の中では自分たちを武士に準《なぞら》えても、とやかく言わない暗黙裏の認識が共有されていた。

「ここだわ」

静香が〈信濃川〉という電飾看板が置かれている店を指さした。

「入りましょう」

引き戸を開けるとカウンターの中に和服姿の妙齢の女性が立っている。

「あら、あなた」

「あ」

昨日、信濃川沿いの潰れた小料理屋の前で会った女性である。

「あなた、このお店のママだったの」

「はい」

「知りあいなの？」

先に来ていた滝沢譲がママに訊いた。

「昨日、偶然、実家の前で会って」

「そうなんだ」

「いらっしゃい」

女性はあらためてニコッと笑うと静香たちを迎えいれる。

店内は小振りで奥に襖で仕切られた個室が二部屋あり、テーブル席は四席。後はカウンターとなっている。奥の個室の襖が開いていて畳に二人の男性客が並んで坐っている。若い男性と年配の男性。若い男性は滝沢譲。

「よく来たね」

譲が言った。静香たちは座敷に上がり滝沢譲の正面に坐った。男二人はビールを飲んでいる。

「いま思い至ったんだけど、君、何歳？」

「十八だけど？」

「未成年ね。ビールはやめなさい」

「堅いこと言いなさんな」

年配の男性が言った。

「こちらは？」

「理事長です。〈川辺興業〉のナンバー2ですよ。いや、オヤジが亡くなったから今はナンバー1ですね」

「古波蔵です」

古波蔵誠史は静香に名刺を渡す。

「〈川辺興業〉の幹部なのね。でも関係ないわ。法律を犯すのは看過できないの。アルコールを飲むんなら失礼する」

静香は古波蔵を睨んだ。

「待ちなさいって。せっかちなお嬢さんだな」

古波蔵は苦笑した。

「ママ。ジュースだ」

「はい」

ママが譲のビールを下げオレンジジュースを置いた。

「話は、こいつから聞きましたよ」

古波蔵は顎で譲を指した。

「村重組長を殺った犯人を挙げるんだって？」

「そのつもりよ」

「犯人は〈龍王組〉の奴らでしょう」

「警察もそう思ってるみたい」

「だったら、あなたの出番はない」

「でも〈龍王組〉の木樽さんは違うと言ってる」

「信用できないね」

「手打ちをしたんでしょ?」

古波蔵が目を剝いた。

「そんなことも知っているんですか」

「調査には必要なことだから関係者が教えてくれたの」

古波蔵が譲に目を向ける。譲は首を竦《すく》めた。

「だから、あなたも知ってること洗いざらい話してちょうだい」

「わかった。私だって犯人が捕まってほしいと思ってる。かといって商売柄、警察は信用していないんでね」

古波蔵は猪口《ちょこ》を口に運ぶ。

「今回のこと、木樽が犯人だとしたら変だとは思いますよ。手打ちをしたばかりなのに、どうしてこんな事をやるんだってね」

「でも煙草が……」

襖を閉めようとしていたママがとつぜん口を挟んでひとみはギョッとした。

「煙草?」

静香が聞き咎《とが》める。

「犯行現場のマンションに煙草が落ちていたと聞きました。その煙草から木樽の指紋が出たと」

「あなた、やけに詳しいのね」

「由布子さんはうちの組長のコレだったんだよ」

古波蔵が小指を示した。

「組長の愛人……。そうだったの」

「母です」

譲がポツリと言った。

「え、あなたのお母さんなの？」

「はい」

「組長の愛人がお店をやって、その倅《せがれ》が組の世話になってる……。いろいろと複雑なのね」

「でも」

東子が口を開いた。

「〈龍王組〉の木樽組長の指紋がついた煙草の吸殻が犯行現場に落ちていたら、木樽組長が犯人という、かなり有力な証拠になるのではないでしょうか？」

今まで黙っていた東子がとつぜん口をきいたので古波蔵はギョッとしたように東子に注目した。

「でも、それも変よ」

「何が変ですか？」

古波蔵が静香に視線を移す。

「ライバル組織のトップを殺るのに、組長が自ら手を下す？」

静香の言葉を古波蔵はジッと考える。ひとみは静香が〝殺す〟という意味で〝殺る〟という言葉を使ったことに呆《あき》れていた。

「それもそうだな」

古波蔵は静香の言葉をあっさりと認めた。

「普通は下っ端にやらせますね。譲。お前みたいな奴にな」

譲は小さく頭を下げる。

「でも」

ママが口を挟んだ。

「トップ会談の予定があったのかもしれないわ」

「トップ会談？」

静香の問いにママは頷く。

「お互いの組長同士で話しあいが」

「それだったら子分どもが大勢控えてますよ。完全に二人きりってのはありません」

「ですよね」

譲が言う。

「〈川辺興業〉の村重組長が死んだら誰が跡目を継ぐの？」

譲が古波蔵を見た。

「あなたよね？　ナンバー2だもの」

「そうなるでしょうね」

静香の言葉を古波蔵は再び認めた。

「それがどうしました？　何が言いたいんです？　まさか跡目の座を狙って私が組長を殺ったとでも言うんじゃないでしょうね」

「可能性の一つとしてはあるわね」

「なに」

譲が凄んだ。

「あくまで可能性。あたしは学者だからすべての可能性を検討するのよ」

「だからといって言っていい事と悪い事があるぞ」

「今のはいい事よ」

「ふざけるな」

「言ったでしょ。あたしは学者だって。すべての可能性を検討しないと真実は割りだせないのよ」

「いいでしょう」

古波蔵は静香の言葉を認めた。

「きっちり真相解明をしてもらおうじゃありませんか。こっちだってそれが知りたいんです」

「だったら教えてちょうだい。村重組長が死んで得をする人は誰か？　あなた以外で」

古波蔵は考える。

「もしくは村重組長を恨んでいた人」

「そんな奴はごまんといるでしょうねえ」

「その中でも一人を選ぶとしたら？」

「そうですね」

古波蔵は心持ち視線を上に向ける。

「県警の浜刑事ですね」

「え？」

「理事長、どうして……」

古波蔵は説明を始めた。

*

完全防音が施された〈龍王組〉組長の部屋にナンバー2の若頭、醍醐次郎《だいごじろう》とナンバー3の舎弟頭、研光秀が呼ばれていた。

「お前たち、どう思う?」

「どうって、いいやすと?」

「馬鹿野郎!」

醍醐が研に怒鳴った。研を一回り大きくしたような体つきの醍醐次郎は四十四歳になる。頭は五分刈り。四角い顔の中の鼻も口も大きいが目だけが小さい。その小さな目で周りの者をいつも睨むように見ている。

「村重を殺った犯人に決まってるだろう」

「醍醐。もう少し小さな声で喋れ。お前は声が大きすぎるんだよ」

「すいやせん。地声なんで」

木樽が煙草を出すと研がサッと火を点けた。

「犯人のこともそうだが早乙女《さおとめ》静香って女のことは、どう思う?」

「早乙女静香が何か?」

「本当に犯人を見つけられるのか？」

「大丈夫ですよ」

「お前、根拠はあるのか？」

醍醐が研を睨む。

「あのお人は嘘を言うようには見えねえ。自分の口から言った言葉は必ず守り通す。そんな仁義を心得てるお人です」

「馬鹿馬鹿しい。鼻の下を伸ばしやがって」

「そんなんじゃありません」

研が気色ばんだ。

「偉く惚れこんだな」

「犯人を暴いてもらいたいんですよ」

研が呟くように言う。

「それが、この町の平和に繋《つな》がるような気がしてるんです」

「お前、いつからそんな殊勝になった」

「それより犯人だ」

木樽が醍醐の言葉を遮る。

「妙な噂《うわさ》を聞いたぞ」

「妙な噂？」

「この町にアサシンが潜りこんでいるっちゅう噂だ」

「アサシンが……」

アサシンとは暗殺者を指す言葉で〈龍王組〉では組織に属さず金を受けとって人を殺すことを請け負うフリーのならず者の意味で使われていた。

「誰がそんな事を？」

「誰でもいい。三ヶ月ほど前だったか、そういう噂を小耳に挟んだんだよ」

「そうですか。でも、それが何か？」

「誰かが村重を殺るために、その殺し屋を雇ったってことが考えられるだろうが」

「なるほど。しかし、いったい誰が？」

「お前たち、心当たりはないか？」

「さあ」

醍醐と研は首を捻った。

＊

〈アルキ女デス〉の三人は宿泊先である飯山のホテルに着くとホテルの一階にある居

酒屋で飲みながら食事を摂ることにした。

「これから旅情捜査会議を始めます」

「何よ、旅情捜査会議って」

「旅先で開く捜査会議の事よ」

「意味わかんないんですけど」

「細かいことはいいでしょ。それより事件のことよ。地元の新聞が詳しく報じてるから、かなり踏みこんだ内部情報も判るわよ」

いつの間に用意したのか静香は新聞の束をトートバッグから出した。

「それ、スマホで読めないの？」

「あ」

「あ、じゃないわよ」

「あたしは紙派なのよ。本だって、できるだけリアル書店で買うし。ネットと宅配で買う人が多いから届ける側は激務になるんじゃない？」

「知らないけど」

「それより古波蔵さんの言ったこと、どう思う？」

「浜刑事が犯人だってこと？」

「ええ」

「ありえないわよ」

ひとみは一笑に付した。

「だって刑事よ」

「刑事が犯人だった例を知ってるでしょ」

「でした」

「警察官のかたが犯罪を犯した記事をたまに読むこともあります」

「あら東子、新聞を読むんだ」

「読みます」

テレビを見ない東子だったが新聞は読むらしい。

「でも村重個人を殺るのは少し違うと思う」

浜千景の父親は長野市内の公団に住むサラリーマンだったがギャンブル好きが高じて〈川辺興業〉が経営するカジノに入り浸るようになってしまった。雑居ビルの一室にあるカジノではバカラ賭博が行われていた。バカラはトランプゲームの一つだが、ゲーム機に映しだされるコンピューター上の勝負に金を賭けるのである。浜千景の父親はそのカジノで莫大な借金を作り、最後は首を吊って死んだ。そのことを静香たちは古波蔵に聞いたのである。

「浜刑事の父親が亡くなったのは三十年前。その頃、村重は組にはいたけど組長じゃなかったのよ」

「当時の組長は？」

「もう死んでるわ。その後を村重が継いだの」

「当時の組長がもういないから代わりに村重を殺ったとか？」

「普通、そんな事をする？　ことは殺人なのよ」

「しないと思うわね」

「浜刑事のお父さんには自業自得の面だってあるし。それなのに三十年の時を経ていきなり身代わりに殺すって考えにくいわ」

「憎むなら〈川辺興業〉そのものよね」

「ええ。そして浜刑事なら〈川辺興業〉を合法的に追いつめる手段を持っている」

「刑事だもんね。粘り強く〈川辺興業〉の違法行為を追及していけばいいし実際にそうしてるんじゃないかしら」

「だったら、ほかに怪しい人はいる？」

「やっぱりヤクザよね。ヤクザの親分を殺すって」

「ヤクザらしくない気がします」

東子がポツリと言った。

「え、どこが？」

「殺し方です」

「ナイフで刺殺よね」

「はい。ヤクザだったら拳銃で撃つような気がするのです」

「東子。あなたヤクザ映画の観過ぎよ」

自分のことは棚に上げる静香だった。

「東子はヤクザ映画なんか観たことないいんじゃない？」

いつの間にか、ひとみも東子のことを呼び捨てにするようになった。

「ございません」

「ほら」

「どっちでもいいわ。ポイントはヤクザらしくない殺し方ってとこよね」

「ヤクザがナイフを使うこともあるんじゃない？　拳銃を使えば大きな音がするから、それを恐れたとか」

「そういう場合もあるでしょうね。でも確実に相手を殺したかったら拳銃の方がいいだろうしヤクザだったら、それを入手できる立場にあるのよ」

「ヤクザじゃなかったら誰なのよ。犯人は素人とか？」

「もしくは、ヤクザ以外で殺害を生業《なりわい》とする人の仕業でしょうか」

「東子。今度はスパイ映画の観過ぎ？」

「すみません。スパイ映画も観たことがありません」

「謝らなくてもいいけど」

「いずれにしろ、わたしたちの知らない人間の仕業じゃない？　そうだとしたら犯人を挙げる事なんて無理よ。よく言うでしょ。被害者と面識のない人間の犯行ほど犯人逮捕は難しいって」

「ひとみ。あなたは刑事ドラマの観過ぎね」

「本当に被害者と面識のない人でしょうか？」

「え、東子。面識のある人間だって言うの？」

「それは判りません。でも犯人は被害者である村重峻紘さんの身近にいる人のような気がしてならないのです」

東子の言葉に、静香とひとみは顔を見合わせた。

3

村重峻紘が住んでいた一軒家は持ち家で名義は〈川辺興業〉となっていた。経費を使って住居を獲得するための措置である。

古波蔵誠史はその家を自分の新しい住居とすべく車で下見に向かった。ガレージの鍵はすでに古波蔵の手元にある。広い通りから脇道に入り角を曲がると村重の住居が見えた。高い塀に囲まれた鉄筋コンクリート造りの二階建てである。

古波蔵はガレージに車を入れると玄関に向かう。その時、家屋から門に向かう人影が見えた。

（あれは……）

後ろ姿だが誰だかすぐに判った。

「譲！」

人影の足がピタリと止まった。

「お前、何をしている」

譲はゆっくりと振りむいた。

「こんなところで何をしていると訊いている」

古波蔵は譲に向かって一歩、足を踏みだした。

「あの……」

譲の顔が心なしか蒼い。

「犯人を捕まえたくて」

「犯人？」

「ええ。警察に任せてはいられないと思ったんです」

「そうか」

古波蔵は目を細めた。

「それは私も同じ気持ちだが……。どうやって庭に入った？」

譲は一瞬、答えに詰まったが観念したように「塀を乗りこえて」と答えた。

「部屋の中へは？」

「入っていません」

「鍵を持っていないものな」

「はい」

「それなのに来たのか？」

「窓を割って入ろうと思ってました」

「そこまでして……」

「組長の仇《かたき》を取りたいんです」

「勝手な真似をするんじゃない」

「すみません」

「第一、この家は私の住居になる」

「古波蔵さんの？」

「そうだ。今後、勝手に入ったら住居不法侵入になるぞ」

「判りました」

「判ったら堂々と門から出ていけ」

譲は一礼すると門から出ていった。

＊

〈アルキ女デス〉の三人は信濃川沿いの道を歩いていた。

「ちょっと危ないわね、この道。歩道と車道の区別がないんだもの」

「信濃川は日本でいちばん長い川なんだから、どこかにこういう場所だってあるでしょ」

「そうだろうけど、ぼんやり信濃川を見ながら歩って車に轢かれないでよ」

「大丈夫よ。それより、事件の方はどうなのよ？　真相に辿りつけそう？」

「もちろんよ」

「強気ね」

「強気じゃないわ。真相に辿りつく美しい道を追い求めた結果よ。真相への道は常に美しい。この信濃川のようにね」

静香は信濃川に目を遣《や》る。

「信濃川が美しいのは判ったけど静香の推理も美しいの？」

「今は濁ってるわね」

「なんだ」

「しょうがないでしょ。まだ戦いは始まったばかりよ。これから、どんどん澄んでくるわ」

あくまで前向きな静香だった。

背後に車が迫ってくる気配を感じて三人は振りむいた。車は大型のセダンだった。三人に向かってスピードを緩めずに向かってくる。フロントガラスにシールドが張られているのか運転者の顔は見えない。

「危ない車ね」

そう言いながら静香は一歩、川沿いに退いた。ひとみと東子もそれに倣う。だが車も車道を外れ歩道に乗りこんできた。

「え？」

車が勢いをつけながら三人に迫る。静香はひとみと東子を突き飛ばした。突き飛ばされた二人は土手に倒れる。一人立っている静香に照準を定め車が迫る。静香は車を避けるために飛び退いた。背後に跳んで着地しようとしたが地面がない。

静香は信濃川に落下した。水音が響き水飛沫《しぶき》があがる。

「お姉様！」

東子がすぐさま立ちあがり静香を助けようと川に飛びこもうとする。

「待ちな！」

東子を呼びとめたのは研だった。

「研さん……」

「俺が助ける」

言うが早いか研は川に飛びこんだ。静香の元に泳ごうとするが川の流れと着衣のためにうまく泳げない。

「大丈夫？」

抜き手を切って研の元に泳いできた静香に助けられる。

「あ、姐御」

「いま助けるわ」

「面目ねえ」

静香は研の軀を抱きかかえると岸に向かって泳ぎ始めた。

「こっちよ！」

岸に立つひとみが手を伸ばす。その手を静香がしっかりと摑んだ。静香と研はひとみに引っ張られて岸にあがった。

「ありがとう、研さん」

「礼を言うのはこっちだ。また助けられちまったな」

「飛びこんでくれた、その気持ちが嬉《うれ》しいの」

「たまたま車で通りがかったら、あんたたちが見えたんだ」

「そうだったの」

「ああ。そうしたら……」

「車に襲われたのよ」

「見てたよ」

「余所見《よそみ》運転かしら。最近は運転中にスマホを見て子供や若いお母さんを轢き殺しちゃう殺人鬼の事件をニュースで毎日のように見るけど」

「いや」

研が上着を脱ぎながら否定の言葉を吐いた。

「あれは、あんたたちを狙っていた」

「やっぱり？」

研は頷く。

「見ていて判った」

「そんな気がしたのよ」

「怖いわ」

ひとみが両腕で躯を包む。

「いったい誰が？」

「どんな車だったか覚えてる？」

「黒い車でした」

東子が言った。

「でもそれ以上は……」

「車種やナンバーは判らないのね？」

「すみません。運転者の顔も判りませんでした」

「謝らなくていいわよ。あたしの事が心配で車どころじゃなかったんでしょ」

「はい」

「ありがたいわ」

「でも車って黒か白か灰色が多いわよ」

ひとみが言う。

「運転者が見えなかったのか？」

「そうよ。フロントガラスが暗かったもの」

研が眉を顰《ひそ》めた。

「何か心当たりでも？」

「いや、何でもねえ。それより、怪我《けが》はないか？」

「大丈夫よ。でも着替えたいわね」

「宿まで送るよ。俺の車に乗ってくれ」

「研さんだって着替えたいでしょ」

「俺は後からでいい。そっちを先に送るよ」

「助かるわ」

「助かったのはこっちだよ」

研は車のドアを開けた。

＊

静香は宿に戻って風呂に入り落ち着きを取り戻すと警察に電話をした。襲われたことを、そのままにはできないと思ったからだ。

電話をして、しばらくすると静香たちが泊まる部屋に二人の刑事がやってきた。中年女性の浜刑事と長身の若い男性、青柳刑事である。二人の刑事は部屋に入り自己紹介を済ますと、すぐに事情聴取を始めた。

「襲われたというのは確かですか？」

浜刑事が静香に尋ねる。部屋のベッドにひとみと東子が坐っている。

「たぶん」

「運転者がスマホを操作していたなどで運転を誤って、あなたに向かってきた可能性もあるんじゃない？」

「それはないと思うわ」

「どうして？」

「うまく言えないけど躯で感じたことよ。あたしたちにまっすぐ向かってきて、あたしが川に飛びこんだのを確認して、また車道に戻っていった。そんなふうに感じたわ。慌てた様子はなかった」

「運転者を見たの？」

「いいえ。運転者がどういう状態だったかは判らないわ。フロントガラスが黒かったもの」

浜刑事と青柳刑事が顔を見合わせた。

「ヤクザ者の車でしょうか？」

青柳刑事の問いに浜刑事は答えず、代わりに静香に「襲われる心当たりはあるの？」と尋ねた。

「殺人事件のことを調べていたからかしら」

「殺人事件？」

青柳刑事が頓狂な声をあげる。

「何それ？」

「〈川辺興業〉の村重組長が殺された事件よ」

「ええ？」

今度は浜刑事が声をあげる。

「どういうこと？」

浜刑事に問われるまま静香は事件を調べるに至った顚末《てんまつ》を告げた。

「あきれた」

静香の説明を聞き終えた浜刑事の第一声だった。

「素人がそんな真似をして」

「言ったでしょ。あたしたち、今までに何件も殺人事件を解決してきたのよ」

「口では何とでも言えるわ」

「本当よ。石狩署でも利根川署でも実際に犯人逮捕に至ってるわ」

「青柳。確認してみて」

浜刑事に促されて青柳刑事が石狩署に確認の電話をする。数分に亘る会話を終えて通話を切ると「確かです」と告げた。

「早乙女静香さんが石狩川や利根川で起きた殺人事件を解決したことは本当のようです」

浜刑事は溜息をついた。

「過去はどうあれ素人が殺人事件の捜査に関わっていいわけがないのよ」

「判ってるわ」

「そう。判ってくれたのね」

「ところが、あたしは素人じゃないのよ」

「は？」

「言ったでしょ。過去に何件もの事件を解決してきたプロだって」

「困った人ね。今回の相手はヤクザよ。そればかりじゃない。ヤクザ以外にも、お金で殺人を請け負う輩《やから》だって絡んでいるかもしれないのよ」

「お金で殺人を？」

「そう。お金を受けとって殺しを請け負う。そんな事件に民間人を巻きこむわけにはいかないの」

「あたしたちに手を引かせるために、そんな脅すような嘘をついてるのね」

「嘘じゃないわ」

「だったら車であたしたちを襲ったのは、そんな人物?」

「その可能性が高いわ」

「静香……。手を引きましょうよ」

「ホントにあたしの手を引かないでよ」

「あ、ごめん。つい無意識のうちに静香の手を引いてた」

「でも、ひとみの言うことも、もっともよ」

「静香……」

「あなたたち二人は先に帰ってて」

「ええ?」

「あたしは今さら後には引けないわ」

「静香ならそう言うと思った」

「わたくしも予想していました」

「あたし完全に読まれてるのね」

「そうよ。わたしたちは一心同体だもの。こうなったら最後までつきあうわよ」

ひとみの言葉に東子が頷く。

「ひとみ、東子……」

「あなたたち、よく怯《ひる》まないわね。車で襲われるなんて危険な目に遭ったのに」

「感心しますね」

　青柳刑事が小声で浜刑事に言う。

「馬鹿。感心してどうすんのよ」

「すいません」

「とにかく、あなたたちの旅は終わり。もう東京に帰って」

「危険なことはしないわ」

「すでに狙われたのよ」

「狙われた証拠はないわ。ただの運転ミスかもしれないし。狙われたっていうのは、あたしの感覚だけだから」

「ああ言えばこう言うのね」

「学者だから議論じゃ負けないわよ」

　浜刑事がこの日、何度目かの溜息をつく。

「あたしたち学者だから頭で考えるのが仕事なの。そりゃあ、たまにはフィールドワークもあるけど」

「フィールドワーク？」

「実地調査。研究室の外に出かけて行う調査よ」

「素人が手を出す事じゃないわ」

「なるべく危険なことは、しないようにするわ」

「だから、もう少し長野に残っていいわよね？」

ひとみが浜刑事に詰めよる。

「理解できないわ」

浜刑事が肩を竦めた。

「危険なことはしないって約束してちょうだい」

「するわ」

静香が即答した。

「警察だって人手不足だからあなたたちの警護はつけられないもの」

「自分の身は自分で守るわ。あたしこれでも空手三段なのよ」

ようやく刑事二人は静香たちの部屋を出ていった。

＊

刑事二人が帰ると静香たちは早速、事件の検討を始めた。

「ひとみ、事件の概要をまとめてくれない？」

「こんな感じかしら」

ひとみはレポート用紙をテーブルに置いた。

「やることが早いわね。料理番組のスタッフになれるわよ」

「意味わかんないんですけど」

「手際よく次の段取りを用意しているってこと」

「褒め言葉と解釈しておくわ」

ひとみが用意したレポート用紙には次のことが書かれていた。

〔被害者〕村重峻紘
〔犯行現場〕婚約者宅のマンションの廊下
〔犯行日時〕八月十五日深夜零時
〔死因〕刺殺
〔容疑者〕

静香はレポート用紙を手に持って見つめるとテーブルに返した。

「容疑者の欄は空白なんだ」

「だって誰が容疑者かよく判らないんだもの」

「容疑者じゃなくて関係者にしたらどう？」

「わかった」

ひとみはサッと書き直した。

〔関係者〕

〈川辺興業〉古波蔵誠史

墨田康臣

滝沢譲

〈龍王組〉木樽幹雄

醍醐次郎

研光秀

〈マンションの住人〉高見沢カナ

赤羽牧子

〈刑事〉浜千景

青柳慶

「こんなところかしら」

「あと滝沢由布子さん」

「一応、関係者ね」

ひとみは素直に滝沢由布子の名前も書きたす。

「それぞれアリバイは判る？」

「アリバイについて警察は教えてくれないだろうけど、殺されたのは深夜だから誰もアリバイは、ないんじゃない？」

「そうよね。アリバイから誰かを除外することはできないわね」

「動機の線はどうかしら？」

「まず単純にライバル組織の〈龍王組〉の構成員はみんな怪しいわよ」

「そうかしら？」

「怪しくないって言うの？」

「手打ちをしたばかりよ。〈川辺興業〉のトップを殺るんなら手打ちなんかしないでいきなり殺ればいいでしょ」

「考えてみたら、そうよね」

「よって逆に〈龍王組〉の構成員は除外」

「除外しちゃうんだ」

「だったら〈川辺興業〉の構成員はどうでしょうか?」

東子が口を挟む。

「怪しいのはそっちよ」

「いきなり断定?」

「だって〈川辺興業〉の構成員だったら組長が死ねば誰だって序列が上がるのよ」

「一つずつ繰りあがるわよね」

「その中で最も旨味があるのは……」

「古波蔵さん?」

静香は頷いた。

「そうよね。ナンバー5の人間がナンバー4になるより、ナンバー2の人間がナンバー1になる方が動機としては納得できるわよね」

「ナンバー1にならなくてもいいのに」

「どうして人間はナンバー1になりたがるのかしら」

「ちょっとスマップ入ってない?」

「煙草の吸殻が落ちていたことはどう捉えたらいいでしょう?」

〈龍王組〉組長、木樽幹雄の指紋が検出されている。

「木樽を犯人だと見せかけるために犯人が置いたんじゃない?」

「でも木樽の煙草の吸殻なんて簡単に入手できる?」

ひとみの言葉を静香はしばし考える。

「ちょっと大変そうね」

「入手できる人って誰かしら?」

「その人が犯人?」

「その可能性が出てくるわよ」

「そうなるとやっぱり〈龍王組〉の構成員が可能性が高いわよ」

「堂々巡りね」

「わたくしたちを襲った車は判明したのでしょうか?」

「警察発表はないわね」

「警察は調べてないいんじゃない?」

「故意か運転ミスかも判ってないんだもん」

「でしたら調べに行きませんか?」

東子の言葉に静香とひとみは顔を見合わせる。

「どこへ?」

「組の本部に行けば駐車場に車があるかもしれません」

「でも車種を覚えてないんじゃ見たって判らないわよ。それに組の車じゃなくて個人の車かも知れないし」

「組の本部で聞きこみをしても、みんな本音で話してくれないだろうし」

「緊張が解けて、なおかつ大勢の人が集まるような場所に行けば効率がいいんじゃない？」

「そんなとこある？」

「組関係の人がよく行く飲み屋とか」

「行きましょうか」

三人は立ちあがった。

*

開店前の〈信濃川〉を譲が訪ねた。

「何を飲む？」

由布子の問いに譲は「麦茶」と答えた。由布子は冷蔵庫から麦茶を出すとガラスのコップに注いで譲の前に置いた。譲は出された麦茶を一気に飲みほした。

「かあさん」

「なに？」

由布子は下拵《したごしら》えをしながら訊きかえす。

「この町を出ないか？」

「え？」

由布子は手を止めた。

「どうして……」

「組長は死んだんだ。もう、かあさんを縛るものは何もないよ」

「譲……」

由布子は再び手を動かし始めた。

「そんなこと考えてたんだ」

「かあさんは長年、苦しんできただろ」

「仕方ないわ。組のお金を盗んだんだもの」

「俺の手術代のせいで」

「違うわ」

由布子は即座に否定した。

「お父さんが死んでから、ずっと苦しかったのよ」

〈川辺興業〉の重鎮である夫、滝沢鉄矢が抗争で命を落とし、それ以来、滝沢由布子は組の事務をしながら女手一つで一人息子である譲を育ててきた。研からの百万円は使い果たしてしまい、もらえる給料は僅《わず》かだったので生活は苦しかった。給料の額を決めていたのは組長の村重峻紘である。生活が苦しい由布子に、たびたび自分のポケットマネーを渡して逆らえなくするためである。村重の思惑通り由布子は心ならずも村重の女となった。

譲が抗争に巻きこまれて腹を刺され重傷を負い入院したときも組は満足な援助をしてくれなかった。

「だからあんな事を……」

由布子は村重のデスクの上に無造作に置かれていた一万円札に手を伸ばした。その様子を隠しカメラで撮られて弱みを握られた。すべては村重が仕組んだことだが気づいたときには後の祭りだった。その後は、ますます村重に逆らえなくなり強制的に組が経営する風俗店で働かせられた。

風俗店から解放され自分の店を持つことができたのは三十歳を過ぎてからである。だが村重から解放される事はなく関係は続いた。村重が殺害される前日も呼びだされて村重のマンションを訪れている。

「今なら逃げられる」

「もう逃げる必要もないのよ」

「かあさん」

「村重は死んだんだもの」

「だけど、この町は狭いよ」

由布子は麦茶のお代わりを出した。

「みんな、かあさんのことを知っている。それで店をやってゆくのは辛いだろ」

「譲……」

ドアが開いた。

「邪魔するよ」

入ってきたのは古波蔵誠史だった。

＊

〈アルキ女デス〉の三人は信濃川に並んで延びる一本道を歩いていた。

「ホントに〈信濃川〉に行くの？　川じゃなくてお店の方よ」

「行くわよ。だって事件の関係者じゃない」

〈川辺興業〉の重鎮だった故・滝沢鉄矢の妻にして組の世話になっている譲の母親である。

「相手が滝沢由布子さんならば危険なこともないと思います」

「そりゃ、そうだろうけど」

「それにしても長閑《のどか》なところね」

周りには畑が広がっている。

「信濃川沿いには車が行き交う大通りもあれば、人もあまり通らないような畦道《あぜみち》もあるのね」

「それだけ長いのよ。なんだか信濃川は人間の営みのすべてを知っているような気がするわ」

そう言うと静香は足を止めて信濃川の川面を見つめた。

「千曲川ってなかった？」

ひとみが誰にともなく言う。

「あったわよね。五木ひろしの歌にあった気がする。森昌子には『信濃路梓川』って歌もあるわよ」

「それは、どうでもいいけど」

「とにかく信濃川も千曲川も、どっちも大きな川よね。どっちも有名だし」

静香がそう言ったとき背後で笑い声が聞こえた。振りむくと農家の男性らしき痩せて小柄な老人が立っていた。

「何がおかしいの？」

「あんたが、おかしいことを言うからの」

「なんか、おかしな事を言った？」

「信濃川も千曲川も、どっちも大きな川だって」

老人の顔はまだ笑っている。

「どっちも大きいでしょ」

「信濃川と千曲川は同じ川だよ」

「え、同じ？」

老人は頷いた。

「この川は長野県と山梨県、埼玉県の県境に源流があってな。長野県を出るまでは千曲川、それ以降は信濃川と呼ばれておる」

「そうなんだ。新潟側が信濃川ってことね」

老人は頷いた。

「長野を流れる千曲川は新潟に入って信濃川と呼ばれるようになり海に注がれる……。教えてくれてありがとうございます」

ぞんざいな口を利いていた静香は打って変わって丁寧に礼を言った。

「礼には及ばん。この辺じゃ誰でも知ってるよ」

「あたしたち〝この辺〟の者じゃないのよ」

「ええ。この川を見に来たの。龍の子太郎の伝説を生んだ信濃川を……。あ、ここは長野県だから千曲川ね」

老人は頷くと「龍の子太郎は私も好きだ」と言った。

「気が合うわね」

誰にでも臆せず発言できるのが静香の強みだった。

「この辺の人は、みんな龍の子太郎のお話には馴染《なじ》みがあるんでしょうね」

「龍神伝説は子供の頃から聞いていたよ」

「そうでしょうね」

「だけど私は昔から龍神伝説に疑問に思ってることがあってね」

「あら、何かしら？」

「どうして女かって事だよ」

「どういう意味？」

「龍といえば男のイメージだろう」

「そうね」

静香は疑問も挟まず老人の言葉を肯定した。

「生物だから雄も雌も両方いるでしょうけどイメージとしては雄よね」

「だけど、この辺りの龍神伝説じゃ、龍は母親、つまり女だ」

「言われてみればそうね」

　ひとみが言った。

「今まで考えたこともなかったけど」

「やるわね、おじさん。歴史学者のあたしたちでも見落としていた疑問点に気づくなんて」

「歴史学者？」

「そう。あたしたち歴史学者なの」

「それは驚いた。綺麗な学者さんだ」

「ありがとう」

　否定しない静香であった。

「ただし、この子はまだ学生よ」

　東子が会釈をする。

「それで、答えは見つかったの？　どうして龍が女なのか」

「いいや。あんたたちで考えてくれ」

「わかったわ」

　静香たちは老人に別れを告げるとまた歩きだした。

＊

〈信濃川〉に古波蔵がやってきた。

「ビールを戴きましょうか」

「はい」

まだ開店前だが由布子は古波蔵に冷えたビールを提供した。

「待ちあわせですか？」

「いや、一人だ。由布子さんに話があって来たんです」

「わたしに？」

由布子が不安そうな顔を見せる。

「何の話ですか？」

譲が訊いた。

「墨田のことですよ」

「墨田さんの？」

古波蔵は頷く。

「墨田さんが何か？」

村重が亡くなり現在は〈川辺興業〉のナンバー2となった墨田のことは古波蔵自身がよく把握しているだろうにと由布子は不審に思った。

「大したことじゃない。あいつ最近、この店で飲んでるかって思ってね」

「最近は、あまりいらっしゃいませんね」

「事件の前後はどうだい？」

「事件の？」

「親父さんが殺された日の前後、誰かと、この店で会ってなかった？」

「いえ……。そんな話があるんですか？」

「そうじゃねえ。最近、あいつ鬱《ふさ》ぎこんでるようなんでね。気晴らしもしてねえんじゃないかって心配になっただけだ」

ドアが開いた。

「繁盛してるわね」

〈アルキ女デス〉の三人だった。

「いらっしゃい。お陰様で。譲、いったん看板を下げてちょうだい」

譲は頷くと店の外へ出た。古波蔵に続いて顔見知りの静香たちを見て、まだ一般客は入れないことにしたようだ。

「あら、悪いわね」

「いいんです。どうせ、この時間はほとんどお客さんは来ませんから」

「調査の一環かい？」

古波蔵が静香に声をかける。

「ええ。あたしたちは関係者を誰も知らないから、一人一人訪ねているのよ」

「感心だな。いや、学者先生のやる事としちゃ感心できないか」

古波蔵が笑みを浮かべる。

「そうね」

「で、かあさんに何を訊きたいの？」

看板を下げて店内に戻ってきた譲が訊いた。

「由布子さんにじゃないの。あなたに訊きたいのよ」

「オレに？」

静香は頷く。

「譲に何を？」

由布子が心配そうに尋ねる。

「車は持ってる？」

古波蔵の目が一瞬、険しくなった。

「持ってないよ」

「そう。だったら今度は古波蔵さんに訊くけど」

「何だい？」

「組には当然、組の車があるわよね」

「もちろん、ありますよ」

「その車、組員だったら自由に乗れるの？」

「自由というわけにもいかないが、キイのある場所を知っている奴だったら乗れるだろうね」

「その車、車種は何？」

「レクサスだが」

「色は？」

「黒」

古波蔵と静香は見つめあった。

「それが何か？」

「別に」

静香は肩を竦めた。

「邪魔したわね」

〈アルキ女デス〉の三人はそれだけ聞くと帰っていった。

洗い場で軀を洗うと静香は露天風呂に裸身を沈めた。手にしていた手拭いは側の岩に置く。

＊

「〈川辺興業〉の車って黒だったのね」

「ヤクザの車ってみんな黒じゃない？」

静香の言葉にひとみが応えた。ひとみは静香の左隣に身を沈めている。

「言われてみればそうね。もちろん他の色もあるんでしょうけど、黒が多いでしょうね」

「意味ないじゃん」

「それでも〈川辺興業〉の車が黒い色をしていると具体的に判ったのは大きな進歩だと思います」

静香の右隣に坐っている東子が言う。

「そうよね。ひとみも東子みたいに前向きに捉えなきゃ」

「あんまり前向きすぎるのもウザイのよ」

「それ、あたしに対する皮肉？」

「一般論」

ひとみは右手で湯を掬《すく》って自分の胸にかける。

「村重さんは、どうして前向きに倒れていたのでしょう？」

「ん？　東子、どういう意味？　前向きに倒れようが後ろ向きに倒れようが関係ないでしょ」

「むしろ村重氏はお腹を刺されてたんだから前向きに倒れるのが自然よ」

「ちょっと待って」

静香の目が見開いた。

「どうしたの？」

「何かが判りそうなのよ」

「エウリカ？」

エウリカもしくはエウレカとは古代ギリシャ語で〝わかった〟を意味する言葉だ。アルキメデスが入浴中にアルキメデスの原理に気づいた際に叫んだ言葉として知られている。真相に気がついたアルキメデスは嬉しさのあまり風呂を飛びだして裸のまま駆けだしたとも言われている。

「前向き……腹……前向き……腹」

「何よ。薄気味悪いわね」

静香は湯に潜った。

「またそれ？」

「わかった！」

激しい湯音を響かせて静香が立ちあがった。静香の肌から湯の玉が弾《はじ》け飛ぶ。

「わかったって……」

「犯人が判ったわ」

そう言うと静香は手拭いを右手に持って出入り口に向かって歩きだした。

＊

〈アルキ女デス〉の三人は飯山駅で降りると線路沿いの道を歩きだした。しばらく歩くと〈信濃川〉が見えてくる。

「今日は関係者を全員、呼ばなかったのね」

「関係者を全員、呼んだらライバルの暴力団同士が一堂に会する事になるわよ。目の前でドンパチやられたら、たまんないわ」

「それもそうね」

店に着くと静香はドアを開ける。店内には滝沢由布子と譲がいた。

「悪いわね。仕込みで忙しいときにお邪魔しちゃって」

「かまいません。事件の解決に繋がることでしたら、わたしも放っておけませんから」

「そう言っていただけると、ありがたいわ」

三人は譲の坐るテーブルの隣のテーブルに着く。

「それで、村重を殺害した犯人が判ったって仰いましたけど……」

「ちょっと辛い話になるかもしれないわね」

由布子の視線が一瞬、譲に向かってまた静香に戻った。

「犯人は誰？」

譲の声が少し震えている。

「高見沢カナよ」

「高見沢カナ？」

由布子が怪訝そうな声で訊きかえす。

「村重組長の婚約者よ」

「高見沢カナが、どうして自分の婚約者である村重組長を殺すんですか」

譲が吐きすてるように言う。

「村重組長が、お腹を刺されていたことが気になったのよ」

「別におかしな事じゃないだろ？」

「でも刺客が相手を殺そうとしたら普通は背後から襲うんじゃないかしら？」

「それは言えるかも。前からじゃ殺りにくいわよ」

ひとみが静香の援護射撃をする。ひとみも、いつの間にか人を殺すことを〝殺る〟と表現することに抵抗感がなくなっているようだ。

「前から刺すって、かなり親しい人間が殺ったように思えるのよ」

「だから婚約者？」

「場所も高見沢カナの部屋の前よ」

「言われてみれば、そうですね」

「かあさん……」

「高見沢カナだったら村重を自宅に呼んで、やってきたところをいきなり刺せば殺せるわ。凶器の刃物は、いったん自宅に隠してから、ゆっくりと始末すればいいんだし」

「だからといって」

「事件当日、防犯カメラに不審者は映っていなかったのよね。マンション内の人が犯人だからじゃない？」

「裏口から入ったんでしょ」

「でもマンションは繁華街にあったのよ。裏口の塀をよじ登ってたら目立つわよ」

ドアが開いた。

「犯人が判ったって、どういうこと？」

入ってきたのは浜千景刑事と青柳慶刑事だった。

「言ってたでしょ。あたしたち〈龍王組〉の木樽組長から真犯人を探してほしいって依頼を受けていたのよ」

「あなた学者じゃなかったの？」

「ある時は美貌の歴史学者。ある時は凄腕の名探偵。しかしてその実体は……」

「なに言ってんのよ静香」

「多羅尾伴内《たらおばんない》」

「説明されても判んないんですけど」

多羅尾伴内は一九四〇年代から一九六〇年にかけて制作され片岡千恵蔵主演でシリーズ化された映画の主人公の名前である。変装が得意な探偵で、ラストで主人公が犯人に向かって放つ決めゼリフ「ある時は片目の運転手、ある時は流しの歌い手、ある時はしがない私立探偵多羅尾伴内。しかしてその実体は、正義と真実の人、藤村大造！」は流行って多くの人が模倣した。

静香はそれらのことを素早くひとみに説明した。

「自分で〝正義と真実の人〟って言ってるんだ」

「そこは気にしなくていいの」

「多羅尾伴内はどうでもいいわ。それより、素人は捜査に首を突っこむなってあれほど言ったのに」

「犯人が判ったんだから、いいでしょ」

「犯人は高見沢カナだって……」

由布子が浜刑事に告げる。

「それより浜さん。頼んだことは判ったの？」

「ええ。高見沢カナは姿をくらませたわ」

「やっぱり」

「どういう事ですか？」

由布子が、どちらにともなく訊く。

「婚約者を失ったショックから〝もうこの町には住めない〟と言い残して引っ越したそうよ」

「行き先は？」

「判ってないわ」

「市役所に訊けば判るんじゃない？」

ひとみが言う。

「駄目。届けは何も出ていない。この町に住民票もないわ」

「最初から村重を殺す目的でこの町へ？」

「そう考えれば納得よ」

「いったいどうして……」

「ヤクザたちの間で〝この町にアサシンがやってきたみたいだ〟って噂になってたのは知ってる？」

「知ってるよ」

譲が答えた。

「由布子さんは？」

「知りませんでした」

「店で噂話を聞いたことはない？」

「ありません」

「そこまで大っぴらな噂じゃないよ」

譲が言葉を挟む。

「あくまで組の中で話されていた噂だ」

「単なる噂ね」

「でも噂をしているのが殺しのプロみたいな連中だけに、この噂は無視できないと思うの」

「本当だって言うんですか?」

「ええ」

「そのアサシンが高見沢カナさん?」

「アサシンがやってきたという噂は三ヶ月前からたち始めました」

「高見沢カナが村重の愛人になったのも三ヶ月前よね」

「計画的に近づいたって言うの?」

「そうなるわね。高見沢カナは村重といい仲になって油断させて殺害したのよ」

「そんな仲になっているのなら自分の部屋で殺した方が楽だろうに」

「そんなことをしたら自分が疑われるでしょう」

「あ、そうか」

「あくまで〝自分のマンションに訪ねてきた村重が部屋に入る前に殺された〟状況にしないと」

「今から思えば高見沢カナの部屋の前で殺されていたのも怪しかったのね」

「住民登録もせずにこの町にやってきて、村重が死んだ途端に誰にも告げずに姿を晦《くら》ませた。犯人だからじゃない?」

「いま警察は全力で高見沢カナさんの行方を追っています」

「犯人なんですか？」

「まだ確定はしていませんが高見沢カナという名前も偽名のようです」

譲が溜息をついた。

「でも……」

譲が呟く。

「偽名でマンションが借りられるもんなの？　オレがアパートを借りるのだって住民票や保証人が必要だったのに」

「マンションの部屋、高見沢カナが借りてるんじゃないのよ」

「だったら誰が……」

「研さんじゃないかしら」

「え？」

譲が声をあげる。由布子の顔がサッと蒼くなる。

「まさか」

静香は浜刑事の顔を見た。浜刑事は頷いた。

「早乙女さんの言った通りよ」

「どうして……」

譲は事態が飲みこめていない。

「アサシンには依頼人が必要でしょ」

「まさか、研さんが依頼人だとでも？」

「マンションの名義が研さんだっていうことは、殺人を依頼したのも研さんだとしか考えられないじゃないの」

「そんなこと……」

譲が静香を睨む。

「嘘だ」

「真実よ」

「信じないよ。どうして研さんが組長を……」

「ライバル組織なんだから不思議な事じゃないわね」

「違うわ」

浜刑事の言葉を静香が否定する。

「違う？」

静香が頷く。

「どう違うって言うの？」

「動機よ」

「ライバルだから襲撃したんじゃないの？」

「手打ちをしたばかりなのよ。それはトップ同士の意志でもあるわ」

「トップの意志に逆らって研さんが個人的に犯行を企てた……。そういうこと？」

「ええ。つまり動機も個人的なもの」

「いったいどんな動機だって言うの？」

「滝沢由布子さんを救いたかった」

由布子が顔をあげる。

「それが動機よ」

「由布子さんを？」

「研さんは由布子さんを好きだったと思うの」

「そんな……」

譲が困惑した顔を見せる。

「どうしてそんな……」

「譲君。研さんは、ライバル組織の人間であるあなたを、ずっと可愛がっていた。それが何よりの証拠じゃないかしら？」

譲は言葉を失った。

「研さんって、由布子さんに百万円を贈ったことがあるのよね」

「あ」

　譲が声をあげる。

「考えてみたら、好意のない相手にはできない事じゃない？」

「好きだからこそできた……」

「でも、どうしてアサシンなんか雇ったのかしら。研さんは暴力を生業としている組織に属しているのよ。自分で始末できたんじゃない？」

「〈龍王組〉と〈川辺興業〉は手打ちをしたばかりなのよ。〈龍王組〉の者が犯人だって判ったら大変なことになるわ」

「なるほどね。個人的な動機で組に迷惑をかけるわけにはいかない。それで研さんはお互いの組とは関係のない人物を探しだしてきたわけか」

　青柳刑事のスマホの着信音が鳴った。一言、二言話すと青柳刑事は通話を切る。

「高見沢カナを確保しました」

「行きましょう」

　二人の刑事は店を出ていった。

「あたしたちも行きましょうか」

　ひとみと東子は静香の言葉に頷いた。

*

帰りの新幹線の通話スペースから静香が席に戻ってきた。

「高見沢カナが自供したそうよ」

「やっぱり犯人だったんだ」

「ええ。高見沢カナの部屋から村重氏の血痕が見つかったの。犯行時に付着した血が持ちこまれたものよ。それで観念して自供」

「動かぬ証拠ね」

「村重氏のマンションで由布子さんを目撃したなんて情報もあったから警察は由布子さんを疑ったこともあったらしいけど、考えてみれば由布子さんは村重氏の愛人だったんだから目撃されても当然よね」

ひとみが頷く。

「それと、高見沢カナに村重組長の暗殺を依頼したのは〈龍王組〉の醍醐だったわ」

「え。研さんじゃないの？」

「醍醐が計画を立てて研さんに相談したのよ。研さんは醍醐の話に乗った」

「そうだったんだ」

「古波蔵さんによれば〈龍王組〉の中じゃナンバー2の醍醐よりもナンバー3の研さんの方が評価が高いらしいわね」

「そのことに危機感を抱いていた醍醐が部下たちに対して自分の評価を上げようとライバル組織のトップのタマを取ったって事なのかしら」

ヤクザの世界で相手の命のことをタマと呼ぶことを静香はヤクザ映画を観て学んでいた。

「滝沢由布子さんを救いたいと思っていた研さんは、その話に乗ってしまった」

「さすがひとみ。任侠道の世界の男の心理に詳しいわね」

「褒められても嬉しくないのは何故かしら?」

「二人の打合せには〈信濃川〉を使ったんじゃないかしら。あのお店、奥に個室があるでしょ」

「そうだったわね」

「醍醐って人は声が大きいらしいから隣の部屋に聞こえたのかも」

「隣の部屋に筋者がいたら……。どっちの組かは判らないけど〝アサシンに依頼する話を聞いた〟って噂が立っても不思議じゃないわよね」

「さすがに隣の部屋だから聞き取りにくくて噂レベルで留まったのかも」

「煙草は誰が置いたのでしょう?」

東子が呟くように言う。

「ええ。現場に落ちていたあの煙草ですよ」

「松田優作の真似してる？」

「さすがひととみ。よく判ったわね」

「それはもういいわ」

「答えを言うと置いたのは高見沢カナ。高見沢カナに煙草を渡したのは醍醐」

「醍醐が？」

「手に入れるのは簡単でしょ。あわよくば組長の木樽を失脚させて自分が組長に成り上がろうと目論んだのね」

「その目論見《もくろみ》は脆くも崩れさったわけか」

「あたしたちが関わったのが運の尽きね。醍醐は、あたしたちに手を引かせようとして車で襲って脅しをかけたりしたけど」

「あの黒い車、醍醐のだったのね」

「譲君は正式に〈川辺興業〉と縁を切ったそうよ」

「今回のドサクサに紛れた感じね」

「でも、それが由布子さんも最も望んでいた事じゃないかしら。そのことを譲君も察して……」

「きっとそうね。危ない世界とは縁を切った方がいいわ」

「醍醐は危ない男だけど、高見沢カナは怖い女ね。コードネームはドラゴンかしら」

ひとみが言った。

「龍神伝説のことを言ってるの？」

「ええ。龍神伝説の竜も女だもんね」

「滝沢由布子さんも、ある意味、竜よね。竜になって一人息子の譲君を育てた。そのために組のお金まで盗んで……。イワナを盗んだ龍の子太郎の母親のように」

「あの伝説って、出産の時に亡くなった女性の話が基になってるんじゃないかしら」

「どういうこと？」

「出産って命懸けの仕事よ。出産時に亡くなる不幸な出来事だってないわけじゃない」

「そうね」

「そういう事故は昔からあったんじゃないかしら」

「あったかもしれないわね。たぶん、今よりも多く」

「人間の女性が竜になるって、端的に考えれば死んで昇華したって感じだもの。イワナを余計に食べてしまったのも、妊娠中は食欲が旺盛になることを表してるんじゃない？」

「その説、あのおじいさんに教えてあげたら?」

「だったらもう一度、来なくちゃいけないわね。信濃川」

「いつでもいいわよ」

新幹線は一路、東京を目指している。

《主な参考文献》

＊本書の内容を予見させる恐れがありますので本文読了後にご確認ください。

『方丈記』鴨長明（青空文庫）

『るるぶ　信州'17』（ＪＴＢパブリッシング）

＊その他の書籍、および新聞、雑誌、インターネット上の記事など、多数参考にさせていただきました。執筆されたかたがたにお礼申しあげます。ありがとうございました。

＊この作品は架空の物語です。

［初出一覧］「月刊ジェイ・ノベル」
石狩川殺人紀行
二〇一六年五月号、六月号、七月号
利根川殺人紀行
二〇一六年十月号、十一月号、十二月号
信濃川殺人紀行
書き下ろし

実業之日本社文庫 く14

歴女《れきじょ》美人《びじん》探偵《たんてい》アルキメデス　大河《たいが》伝説《でんせつ》殺人《さつじん》紀行《きこう》

2017年8月15日　初版第1刷発行

著　者　鯨《くじら》 統一郎《とういちろう》

発行者　岩野裕一
発行所　株式会社実業之日本社
〒153-0044　東京都目黒区大橋 1-5-1
クロスエアタワー 8 階
電話 [編集]03(6809)0473 [販売]03(6809)0495
ホームページ　http://www.j-n.co.jp/
DTP　ラッシュ
印刷所　大日本印刷株式会社
製本所　大日本印刷株式会社

フォーマットデザイン　鈴木正道(Suzuki Design)

ISBN978-4-408-55375-7（第二文芸）